툴툴마녀는 수학을 싫어해!

김정신 글 · 김준영 그림
강미선(스콜라스 교육연구소장) 감수

진선아이

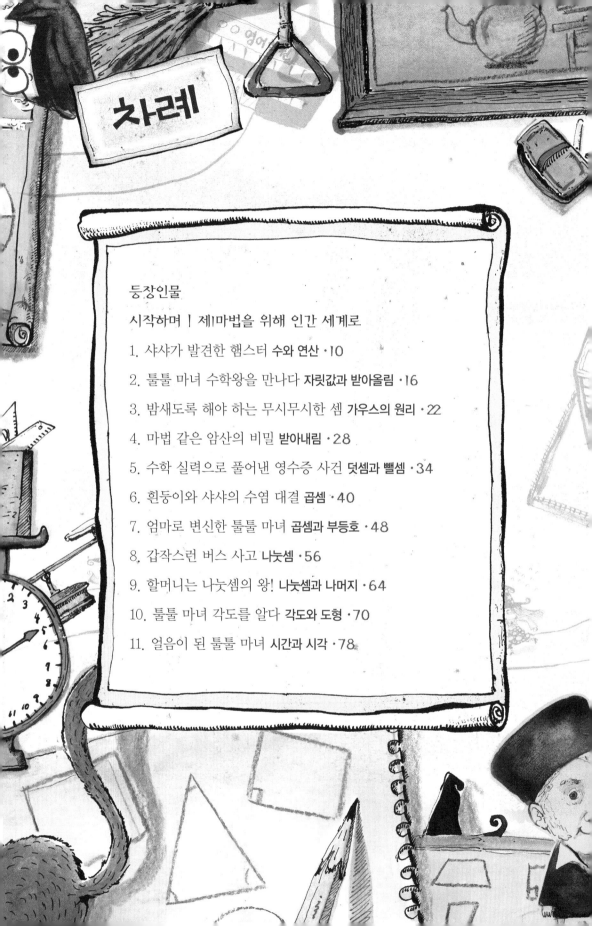

차례

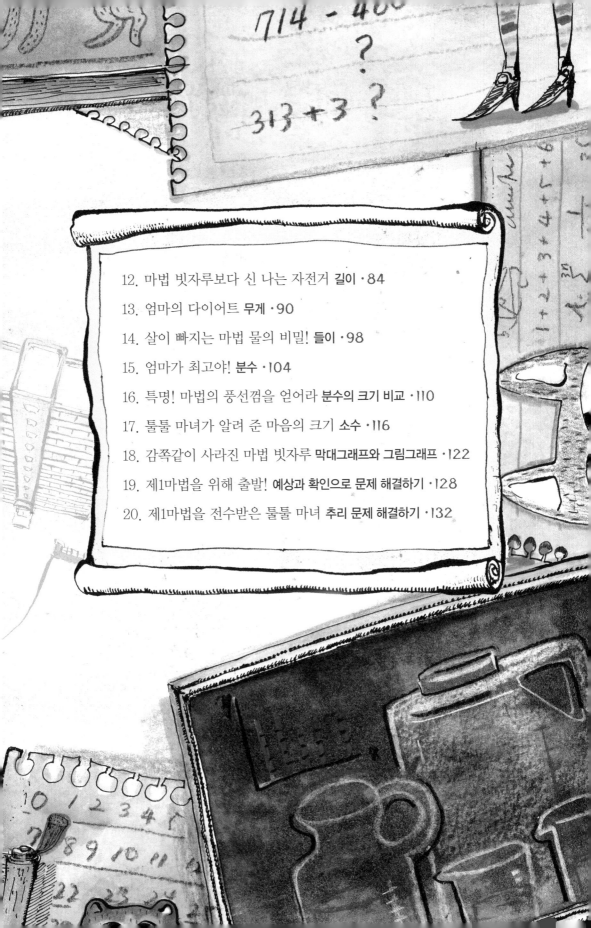

등장인물

툴툴 마녀 : 매사 삐딱하고 툴툴대기를 좋아한다.
긍정적인 생각보다 부정적인 생각으로 가득
차 있다. 마왕의 제1마법 전수자가 되고 싶
어 하지만 수학을 몰라 인간 세계로 내려간다.
수학을 배우러 인간 세계로 온 툴툴 마녀는 민준
이의 도움을 받아 수의 기본 개념을 익히며 수학
에 대한 자신감을 쌓아 간다.

샤샤 : 마법 세계에서 버려진 고양이를 툴툴 마녀가
키웠다. 툴툴 마녀의 둘도 없는 친구이지만
툴툴 마녀의 제일 만만한 상대이기도 하다.
수학을 잘하는 인간을 찾을 때 큰 도움을 준
다. 툴툴 마녀의 무시로 잘 삐치지만 위기의 순
간에는 꼭 힘이 되어 준다.

흰둥이 : 툴툴 마녀와 샤샤가 수학을 잘하는 인간
을 찾고 있던 중에 만난다. 잡아먹지 않는 대가로
샤샤에게 수학 잘하는 인간을 알려 준다. 흰둥이

를 키웠던 옛 주인인 민준이가 바로 그 인간이다. 플라스틱
집이 답답해서 뛰쳐나왔지만 무서운 바깥 세상에서 죽을 뻔
한 고비를 몇 번 맞았는데, 샤샤의 도움으로 무사히 집으로 돌
아간다. 중요한 게 생각나면 볼을 부풀리는 습관이 있다.

민준이 : 수학을 잘하는 초등학생 남자 아이.
전국 수학 경시 대회에서 대상을 탈 만큼 실
력자이다. 툴툴 마녀에게 수학을 가르쳐 주는
대신 마법으로 잔소리 많은 엄마를 착한 엄마
로 변신시키려는 계획을 세운다. 심부름시키고
학원만 보내고 게임도 못하게 하는 엄마를 나쁜
마녀로 생각하지만 까칠한 툴툴 마녀 덕에 엄마
가 얼마나 우리를 사랑하는지 알게 된다.

선우 : 민준이의 쌍둥이 여동생이지만 수학
은 못한다. 적극적이고 사차원적인 성격의
소유자. 동물을 좋아해서 흰둥이와 샤샤를
사랑해 준다. 툴툴 마녀를 자주 골탕 먹이
며 마법 빗자루를 호시탐탐 노린다.

제1마법을 위해 인간 세계로

마왕이 말했어.

"흠, 내가 아끼는 제1마법을 전수받을 마녀가 과연 있을까?"

마녀들은 눈을 동그랗게 떴지. 그중에서도 툴툴 마녀와 검은 마녀의 눈이 복숭아씨처럼 커다래졌어.

"마왕님, 저를 앞에 두고 그렇게 말씀하시다니 서운해요."

검은 마녀가 콧김을 뿜으며 씩씩거리는 목소리로 말했어. 툴툴 마녀도 용기를 내서 한마디 했지.

"마왕님, 제가 인간 세계에서 얼마나 많은 걸 배우고 왔는지 아시잖아요."

"글쎄……, 그렇담 너희의 실력이 궁금하니 기본 문제 하나를 내 보기로 하지."

마왕은 고개를 까딱까딱 움직이면서 생각에 잠겼어.

"그래! 딱 맞는 문제가 하나 있군. 나는 크리스마스이브에 쓸 산타 마법을 위해 지금부터 준비하고 있다. 5월부터 11월까지 한 달에 한 번 코딱지 덩어리 1000개, 고슴도치 가시 1200개, 인간의 빠진 이 192개, 못된 강아지 콧수염 39개를 모아야 한다.

다 모으면 모두 몇 개가 되지?"

문제를 듣고 있던 마녀들은 입이 헤 벌어지고, 머릿속이 뒤죽박죽되었어. 뭐가 필요할 때마다 이거 나와라 저거 나와라 마법의 주문만 외웠던 마녀들이었거든. 그런데 숫자를 계산하려고 하니 이만저만 난감한 게 아니야.

툴툴 마녀는 마법 고수인 샤샤에게 조용히 물었어.

"샤샤, 넌 답을 알고 있지?"

"저런 건 나도 몰라요. 그치만 수학을 잘하는 인간이 있다고 들은 적이 있어요."

"인간?"

툴툴 마녀의 눈이 반짝거렸어. 뭔가 근사한 생각이 떠오를 때마다 반짝거리는 눈빛이었지.

"마왕님, 그 문제 언제까지 풀면 돼요?"

"딱 한 달 주지. 이건 기본 문제일 뿐이야. 더 어려운 문제를 풀어야 해. 가장 먼저 푸는 사람에게 제1마법을 알려 주겠다."

마왕의 말이 끝나자마자 툴툴 마녀는 준비를 하고 나섰어.

인간 세계로 내려갈 준비였지.

"샤샤, 아무도 모르게 다녀오는 거야. 준비됐지?"

북적거리는 마녀들을 뒤로하고 툴툴 마녀와 샤샤는

마법 빗자루에 올라탔어.

"출발!"

I. 샤샤가 발견한 햄스터

툴툴 마녀와 샤샤가 낯선 동네를 두리번거리고 있었어. 사실 툴툴 마녀는 까망콩이 있는 동네로 가고 싶었어. 하지만 샤샤가 말렸지. 아무리 생각해 봐도 그 애들 중에 수학 잘하는 애는 없었거든. 그런데 지나가는 애들을 뚫어지게 살펴봐도 수학 잘하는 애가 누구인지 알 수가 없었어.

그렇게 한참을 헤매다가 샤샤는 배가 고파졌어. 샤샤는 시무룩하게 꼬리를 내리고 두리번거리다가 작은 쥐가 바람같이 뛰어가는 걸 보았어.

"어라?"

샤샤는 번개처럼 뒤를 쫓았어.

"잡았다! 배고팠었는데 이게 웬 떡!"

작은 쥐는 무서워서 몸이 덜덜 떨렸지만 또랑또랑한 눈을 치켜
뜨고 샤샤에게 대들었어.

"난 떡이 아니라 햄스터야. 너처럼 무식한 고양이가 꿀꺽해도
되는 떡 같은 쥐가 아니라고!"

그 말투가 어찌나 당당한지 샤샤는 황당해서 어이가 없었지.

"떡이건 쥐건 햄스터건 상관없어. 한입에 먹어 주지!"

샤샤가 입을 크게 벌리던 차에 툴툴 마녀가 샤샤 옆으로 다가
왔어.

"찾으라는 수학왕은 안 찾고 여기서 뭐 하는 거야?"

툴툴 마녀의 호통에 햄스터는 뭔가가 생각난 듯이 다급하게 말
했어.

"수…, 수학왕을 찾으세요?"

햄스터가 순수한 표정으로 눈동자를 빛내며 말했지.

"너 혹시 수학왕이 어디 사는지 아니?"

툴툴 마녀의 목소리에 반가움이 가득했지. 하지만 샤샤는 여전히 입맛을 다시며 화를 냈어.

"요 녀석이 도망가려고 꾀를 쓰는 거예요."

"아…, 아니에요. 저처럼 예쁜 햄스터가 꾀를 쓰다니요!"

툴툴 마녀는 샤샤에게 눈총을 주며 다시 물었어.

"수학왕이 사는 곳을 알려 주면 널 살려 줄게."

"예전에 절 키우던 주인이 수학을 아주 잘했어요. 마침 저도 그 집을 찾아가려던 중이에요."

햄스터는 플라스틱 집이 갑갑해서 뛰쳐나왔다가 길을 잃어버려 후회하는 중이라고 했어.

"고양이는 냄새도 잘 맡고 소리도 잘 들으니까 분명 제 주인을 찾을 수 있을 거예요! 지금쯤 절 찾으려고 난리가 났을걸요."

"아까 뭔가를 찾는 아이를 보았는데, 네 이름이 흰둥이야?"

"맞아요! 제가 바로 흰둥이예요!"

툴툴 마녀와 샤샤, 그리고 흰둥이는 아이를 보았던 곳으로 뛰기 시작했어. 얼마나 뛰었을까? 드디어 그 아이를 만났지.

"야! 너 혹시 햄스터를 찾고 있니?"

툴툴 마녀가 아이 앞으로 다가가서 물었어.

"응! 우리 흰둥이를 봤어?"

"네가 날 도와준다고 약속하면 흰둥이를 찾아 줄게."

"물론이야!"

이렇게 해서 흰둥이를 다시 만난 아이는 툴툴 마녀와 함께 집으로 가게 되었어. 툴툴 마녀가 처음 가 보는 큰 아파트 단지였지. 툴툴 마녀의 눈이 휘둥그레졌어.

"여긴 10층짜리 아파트가 10동이나 있는 아파트 단지야. 한 층에 1호부터 10호까지 있으니까 이 단지에는 모두 1000가구가 있는 거지. 한 집에 사는 사람들이 여러 명이니까 이 단지에 사는 사람들의 수는 1000명이 넘을 거야."

아이의 말에 툴툴 마녀는 머리가 복잡해졌지.

'흠, 저렇게 복잡한 수를 금방 말하는 거 보니까 수학왕이 맞긴 맞나 봐.'

집으로 들어가서 아이는 흰둥이를 플라스틱 집에 넣었어. 툴툴 마녀와 샤샤는 멀뚱하니 바라만 보았지.

"그런데 말이야, 아까 이 아파트에 1000가구가 산다고 그랬잖아. 난 아무리 계산해 봐도 모르겠는데……."

툴툴 마녀가 머리를 긁적였어.

"아 그거? 아주 간단해. 아파트 한 동을 그림으로 그려 볼게. 아파트 한 동에는 100가구가 사는 거지.

10+10+10+10+10+10+10+10+10+10=100 한 동에 100가구가 사는 아파트가 10동까지 있으니까 1000가구가 되는 거야.

100+100+100+100+100+100+100+100+100+100=1000 한 층에는 한 가구의 열 배가 되는 가구가 살고, 한 동에는 한 층의 열 배가 되는 가구가 사는 거야. 열 동은 한 동의 열 배가 되는 가구가 사는 거고."

아이의 설명이 끝나자 툴툴 마녀가 박수를 쳤어. 툴툴 마녀는 아이가 참 믿음직스러웠어.

'아주 좋아. 샤샤 덕에 드디어 수학왕을 찾았어. 샤샤 녀석 조금은 쓸모가 있다니까.'

툴툴 마녀는 미소를 지으며 아이를 바라보았어.

"1의 열 배는 10, 10의 열 배는 100, 100의 열 배는 1000이 되는 거지!"
"아! 숫자 뒤에 0이 하나씩 늘어 날수록 열 배의 수가 되는 거구나!"

1층 3호가 흰둥이네 집

여러 가지 방식으로 표현하는 수

1이 열 개면 10, 10이 열 개면 100, 100이 열 개면 1000. 이렇게 어떤 수가 열 개씩이면 열 배가 되고 끝에 0이 하나씩 생겨. 하지만 같은 수를 반복해서 더하려면 귀찮고 힘들어. 그래서 **곱셈을 알면 쉽지! 곱셈은 두 개 이상의 수를 곱하는 셈이야.** 구구단이 기본이지.

$$1+1+1+1+1+1+1+1+1+1=10$$
$$\Rightarrow 1 \times 10 = 10$$

$$10+10+10+10+10+10+10+10+10+10=100$$
$$\Rightarrow 10 \times 10 = 100$$

$$100+100+100+100+100+100+100+100+100+100=1000$$
$$\Rightarrow 100 \times 10 = 1000$$

흰둥이네 집은 분수로 나타낼 수도 있어. **분수는 전체 중에 얼마를 나타내는 수야.** 1층에는 모두 10개의 집이 있고 흰둥이네 집은 그중에서 한 집이니까 1/10로 표시할 수 있어. 10개의 집으로 나누어진 것 중 한 집이란 뜻이야.

아파트 한 동에는 모두 100개의 집이 있어. 흰둥이네 집은 100개의 집 가운데 한 집이니까 1/100으로 쓸 수 있지. 이렇게 분수는 무엇을 전체로 보느냐에 따라 달라질 수 있어.

$\frac{1}{100}$

$\frac{1}{10}$

2.툴툴 마녀 수학왕을 만나다

"내 이름은 민준이라고 해. 우리 흰둥이를 찾아 줬으니까 널 도와줄게. 뭘 도와주면 돼?"

"그러니까 말이야, 난 수학왕을 찾고 있었어. 듣자 하니 네가 수학을 잘한다던데……."

툴툴 마녀는 자기 얘기를 해 주었어. 마법 세계에서 왔다는 것과 제1마법을 전수받기 위해서 마왕이 낸 문제를 꼭 풀어야 한다는 것까지 말이야.

"마녀를 우리 집에 둘 수는 없어! 마녀는 우리 엄마 하나로 충분하다고!"

민준이가 하는 말은 뜻밖이었어.

"뭐? 너희 엄마가 정말 마녀야?"

"심부름만 시키고 공부하라는 잔소리에 게임도 못하게 하니까 마녀가 틀림없지!"

민준이는 몸을 부르르 떨었어.

"아니야! 진짜 마녀는 그렇지 않아. 무진장 친절하고 하고 싶은 건 뭐든지 하게 해 준다고!"

툴툴 마녀가 손사래를 쳤어.

"어? 이상하다? 내가 알기로 다른 마녀는 몰라도 우리 툴툴 마녀님은 그런 성격이 아닐 텐데요."

샤샤가 눈치 없게 말했어. 툴툴 마녀는 한쪽 발로 샤샤의 궁둥이를 '뻥' 차 버렸지.

"있잖아……, 네가 날 도와주면 네 엄마가 천사가 되게 해 줄 수도 있어!"

"정말이야?"

민준이는 눈을 동그랗게 뜨더니 대뜸 악수를 하자며 손을 내밀었어.

"하지만 하는 것 봐서 내쫓을 수도 있다는 걸 명심해!"

툴툴 마녀는 속으로 치사한 생각이 들었지만 겉으로는 고개를 끄덕거렸지.

"먼저 하나만 묻자. 우리 마왕이 기본 문제 하나를 냈는데 그것도 덧셈 문제인 것 같아. 그런데 너무 어려워."

툴툴 마녀의 말을 건성으로 들으며 민준이는 냉장고를 열었어.

"난 지금 무지하게 배가 고프거든. 간식 먹을 때까지 좀 기다릴래?"

툴툴 마녀는 마음이 급해 재촉하고 싶었지만 꾹 참았어. 간식을 다 먹을 때까지 군침만 흘리며 기다릴 수밖에 없었지.

"덧셈이라고? 문제를 말해 봐."

민준이가 옷소매로 입을 쓱 닦으며 물었어.

"마왕이 크리스마스이브에 쓸 산타 마법을 만들 건데 준비물이 필요하거든. 5월부터 11월까지 한 달에 한 번 코딱지 덩어리 1000개, 고슴도치 가시 1200개, 인간의 빠진 이 192개, 못된 강아지 콧수염 39개를 모아야 한대. 다 모으면 모두 몇 개인지가 문제야."

"넌 정말 수학을 못하는구나. 그건 덧셈이나 곱셈을 할 때에 가장 중요한 '받아올림'으로 풀어야 하는 문제야."

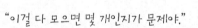

"이걸 다 모으면 몇 개인지가 문제야."

깔보는 듯한 민준이 목소리에 자존심이 상한 툴툴 마녀가 소리쳤어.

"야! 누구나 잘하는 게 있으면 못 하는 것도 있는 법이라고! 넌 마법 부릴 줄 알아?"

"알았어, 알았다고.

그러니까 그 문제는 말이야……."

민준이가 노트를 꺼내 문제를 적고 풀기 시작했지. 여기서는 숫자를 배열할 때 자릿수에 맞게 배열하는 게 아주 중요해.

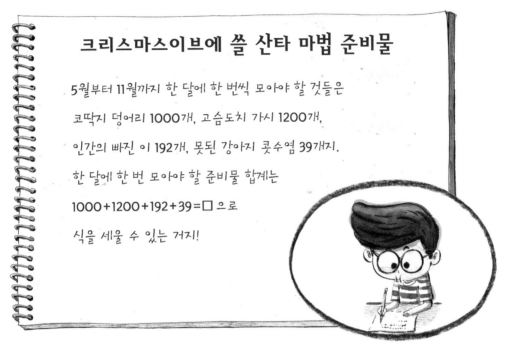

크리스마스이브에 쓸 산타 마법 준비물

5월부터 11월까지 한 달에 한 번씩 모아야 할 것들은
코딱지 덩어리 1000개, 고슴도치 가시 1200개,
인간의 빠진 이 192개, 못된 강아지 콧수염 39개지.
한 달에 한 번 모아야 할 준비물 합계는
1000+1200+192+39=□ 으로
식을 세울 수 있는 거지!

일의 자릿수부터 천의 자릿수까지 있으니까 자릿수에 맞는 자리에 수를 배열하는 거야.

그럼 일의 자릿수를 더해 보면 0+0+2+9=11이 되지. 일의 자릿수를 더한 값이 10이 넘어서 11이 될 때는 일의 자릿수 1은 일의 자리에, 십의 자릿수 1은 십의 자리에 쓰면 돼. 이런 걸 '받아올림'이라고 하는 거야.

그럼 다시 문제를 풀어 볼까?

$$\begin{array}{r} {\scriptstyle 1\ 1} \\ 1000 \\ +1200 \\ +\ 192 \\ +\ \ 39 \\ \hline 2431 \end{array}$$

일의 자리에서 받아올림 한 1은 잊지 않도록 십의 자리 맨 위에
써 주면 돼. 십의 자리를 더하면 12가 되고, 받아올림 한 1을 더하
면 13이지. 십의 자리에 3을 써 주고 다시 백의 자리
맨 위에 받아올림 한 1을 써.
백의 자릿수를 더하면 3, 받아올림 한
1까지 더하면 4, 마지막으로 천
의 자릿수를 더하면 2가 돼.
한 달 동안 모아야 할 준비물의
총합은 2431개야. 5월부터 11월까지
7개월이니까 2431을 일곱 번 더하
면 되지.

아하!
이렇게
푸는 거군!

$$2431 + 2431 + 2431 + 2431$$
$$+ 2431 + 2431 + 2431 = 17017$$

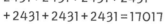

자릿값과 받아올림을 알게 된 툴툴 마녀

모든 수는 0, 1, 2, 3, 4, 5, 6, 7, 8, 9라는 열 개의 숫자를 사용하면 어떤 수든지 만들 수 있어. 이건 바로 '십진법' 때문이래. 십진법은 0에서 9까지의 숫자만 사용하는데 9보다 하나 더 큰 수를 쓰려면 자리를 하나 높여야 해. 아직은 이해하기 어렵지? 아래를 잘 봐!

$$
\begin{array}{r}
{}_{3\,2} \\
2431 \\
+2431 \\
+2431 \\
+2431 \\
+2431 \\
+2431 \\
+2431 \\
\hline
17017
\end{array}
$$

일의 자릿수 1을 모두 더하면 7, 십의 자릿수 3을 모두 더하면 21이야. 이때 십진법에 따라서 2를 한 자리 높은 곳에 받아올림 하고, 십의 자리에는 1을 써. 백의 자릿수 4를 모두 더하면 28이고, 받아올림 한 2를 더하면 30이 되지. 백의 자리에 0을 쓰고 3을 한 자리 높은 곳에 받아올림 해야 해. 다음 천의 자릿수 2를 모두 더하면 14이고, 받아올림 한 3을 더하면 17이야. 7을 천의 자리에 쓰고, 1을 한 자리 높은 만의 자리에 받아올림 하여 써 주면 17017이 되지!

수를 쓸 때는 수의 자릿값을 정확히 알면 돼. 두 수를 더해서 10이 넘어갈 때는 바로 윗자리로 받아올림을 하면 된다는 것만 알면 덧셈도 쉽게 할 수 있어.

3.밤새도록 해야 하는 무시무시한 셈

띵동, 벨소리가 들렸어.

민준이는 얼른 문을 열었지. 엄마와 동생 선우가 들어왔어.

"흰둥이를 찾았다는 게 정말이야?"

선우는 민준이가 대답을 하기도 전에 흰둥이 집으로 쏜살같이 뛰어갔어.

"우와, 정말 찾았네!"

그때 민준이의 방문을 조심스럽게 열고 툴툴 마녀와 샤샤가 나왔어. 엄마와 선우는 깜짝 놀라 서로를 바라보기만 했지.

"엄마, 흰둥이를 찾아 준 툴툴 마녀와 샤샤예요. 며칠만 우리 집에 있어도 되지요?"

민준이가 엄마 치마를 붙잡으며 애교스럽게 말했어. 엄마는 미

심쩍은 눈으로 툴툴 마녀를 훑어보았어.

"대신 우리 집에서 마법을 부리면 안 돼! 집을 어질러서도 안 되고!"

엄마가 엄하게 말했어.

"그런 거라면 걱정 붙들어 매세요. 전 아주 착한 마녀라고요."

얌전하고 착한 목소리로 툴툴 마녀가 대답했어. 샤샤는 어느 틈에 선우와 친해졌는지 선우 옆에 착 붙어 있었어. 선우는 샤샤의 목덜미를 간질이고 있었지. 애교를 부리는 샤샤의 모습에 툴툴 마녀는 콧방귀가 나올 뻔했어.

"이제 흰둥이도 찾았으니 어서 숙제해."

엄마가 말했어.

"엄마, 난 숙제 없는데 샤샤랑 흰둥이랑 놀아도 되죠?"

선우가 얌체처럼 말했어.

"숙제가 없어도 공부를 해야지!"

엄마가 꾸짖었어.

"공부할 게 없단 말이에요."

선우가 대답하자 민준이가 얼른 선우에게 문제를 하나 냈어.

"너 1부터 10까지 더하면 얼만지 알아? 또 1부터 100까지 더하면 얼만지도?"

선우는 민준이가 얄미웠어. 수학을 잘하는 민준이에게는 척하면 알 만한 쉬운 문제겠지만 그렇게 많은 수를 언제 다 더하겠어? 선우는 민준이에게 눈을 흘겼어. 엄마도 문제를 풀어야 저녁밥을 준다며 으름장을 놓지 뭐야.

할 수 없이 선우는 연습장을 펼치고 하나씩 더하기 시작했지.

$1+2+3+4+5+6+7+8+9+10+\cdots+100=\square$

툴툴 마녀도 같이 셈을 해 보려고 손가락 발가락을 다 펴고 머리카락까지 쭈뼛 세워 가며 집중했어. 그래도 셈이 되지 않자 샤샤를 불러 발가락을 펴 보라고 구박을 했지. 그 모습을 보고 있던 민준이가 한심하다는 듯이 혀를 찼어.

"그렇게 더하다간 밤을 세워도 모자라겠다."

민준이 말에 툴툴 마녀는 화가 났어.

"열심히 더하고 있는데 뭐가 문제야?"

덩달아 선우도 연습장에 쓴 숫자들을 신경질적으로 지우며 울상을 지었어.

"이렇게 어려운 걸 어떻게 풀라고!"

그러자 민준이가 한숨을 내쉬었어.

"생각을 하라고 생각을!"

그러면서 독일의 수학자이며 진짜 수학의 왕이라고 불리는 가우스라는 사람이 했던 셈에 대해서 알려 준다고 했어. 자기 덕에 밤새지 않은 걸 고마워하라며 큰소리를 뻥뻥 쳤지.

툴툴 마녀와 선우는 약이 올랐지만 어쩔 수 없잖아. 민준이가 가르쳐 주는 걸 열심히 볼 수밖에.

민준이가 소개하는 가우스의 해법

가우스가 초등학교에 다닐 때였어. 수학 수업 시간에 선생님이 문제를 하나 냈지. 1부터 100까지 더해 보는 문제였어.

다른 아이들은 1부터 100까지 숫자를 써서 순서대로 일일이 더하고 있었는데, 가우스는 불과 몇 분 만에 손을 번쩍 들고 선생님에게 답을 말했지.

"5050입니다!"

그건 정답이었어.

선생님은 깜짝 놀라 가우스에게 물었어.

"가우스 군, 어떻게 그렇게 빨리 풀었나요?"

1+2+3+···+98+99+100
+100+99+98+···+3+2+1
=101+101+101+···+101+101+101

위의 덧셈에서 나온 101이 100개이므로
101×100=10100 그런데 1부터 100까지를
두 번 더한 것이므로 10100÷2=5050이
되지요.

"아주 쉬워요. 1부터 100까지 순서대로 더하지 않고, 1부터 커지는 숫자와 100부터 작아지는 숫자끼리 더해 주는 거예요."

가우스가 풀어낸 이런 방법을 이용하면 1에서 1000까지 수의 덧셈도 얼마든지 풀어낼 수 있지.

1+2+3+4+⋯+997+998+999+1000
+1000+999+998+997+⋯+4+3+2+1
=1001+1001+1001+1001+⋯+1001+1001+1001+1001

1001×1000=1001000

1001000÷2=500500

툴툴 마녀는 수학이 무조건 더하는 게 아니라, 다양한 방법을 생각하면 쉽고 재미있어진다는 걸 처음으로 깨달았어.

받아내림

4. 마법 같은 암산의 비밀

학교에 갔다 온 선우가 흰둥이에게 다가갔어.

"귀여운 우리 흰둥이, 툴툴 마녀가 괴롭히지 않았어?"

툴툴 마녀는 선우 말에 버럭 화를 냈어.

"야! 가만있는 마녀한테 왜 시비냐?"

선우를 흘겨보느라고 가뜩이나 작고 삐죽한 두 눈이 더 찢어질 것 같았지. 선우는 들은 척도 하지 않았어.

"흰둥아, 넌 시험을 안 봐서 참 좋겠다."

쳇바퀴를 돌리느라 한창 바쁜 흰둥이에게 선우는 기운없는 목소리로 말했어.

"학교에서 무슨 일 있었어?"

툴툴 마녀가 묻자 선우는 더 힘이 빠지는 것 같았어.

"툴툴 마녀가 해결할 수 없는 문제야!"

선우가 새침하게 말했어.

"나 마녀라고 마녀! 인간 세계에서는 마법을 쓸 수 없긴 하지만……. 뭔데 그래?"

"오늘 본 수학 시험 때문에 그래. 엄마가 보시면 무지 화내실 텐데……."

툴툴 마녀는 '수학'이라는 말에 정신이 번쩍 뜨였어.

"민준이에게 물어봐서 틀린 문제를 미리 복습해 놓으면 덜 혼날지도 모르잖아."

"쳇, 잘난 척하는 걸 또 보라고?"

툴툴 마녀는 머리를 굴렸어.

"그럼 말이야, 내가 민준이에게 물어봐 줄까?"

"흥, 마음대로!"

선우는 무심한 척 말했지만 실제로는 좋아하는 눈치였어.

마침 민준이가 떡볶이를 먹으면서 들어왔어. 툴툴 마녀는 칭찬을 하며 민준이 기분을 살폈어.

"민준아, 너 오늘따라 엄청 잘 생겨 보인다."

나오지도 않는 웃음을 억지로 웃으며 툴툴 마녀가 말했어.

"나 원래 잘 생겼거든?"

이거 참! 잘난 체를 해도 너무 심한 거 아닌가? 툴툴 마녀는 선우 마음을 조금은 알 것 같았지.

"내가 혼자 수학 문제를 풀려니까 숫자가 자꾸만 틀려."

"에이, 귀찮아. 내일 하면 안 돼?"

민준이 말에 툴툴 마녀도 화가 났어.

"그럼 너희 엄마를 천사로 만드는 건 포기할 셈이야?"

떡볶이를 먹던 민준이 손이 잠깐 멈추었어.

"떡볶이 먹고 게임도 해야 하고, 책도 읽고 싶은데……. 무슨 문젠데 그래?"

툴툴 마녀는 민준이 마음이 바뀌기 전에 얼른 문제를 말했어.

"떡볶이 625개가 있어. 그런데 네가 그중에서 398개를 먹은 거야. 그럼 몇 개가 남을까?"

"우와! 떡볶이 625개면 일주일은 먹을 수 있겠네!"

민준이는 문제 풀 생각은 않고 입맛만 다셨지.

"음……, 227개가 남아!"

툴툴 마녀는 마법에 홀린 것 같았어.

"뭐야, 무슨 마법을 쓴 거야?"

"큭큭, 이건 마법이 아니라 '암산'이라고. 자 봐, 625−398에서 398이란 숫자가 너무 복잡하잖아. 그러니까 간단한 숫자로 만드는 거야. 그러기 위해서 각각에 2를 더하면 돼. 어때? 금방 풀 수 있지?"

$$625-398=(625+2)-(398+2)$$
$$=627-400=227$$

툴툴 마녀는 무척 신기했어. 마왕의 마법을 보는 것 같았지.

"그럼 641−258은?"

민준이는 연습장에 문제를 썼어.

"641−258=□ 뺄셈에서 가장 중요한 게 뭔지 알아?"

민준이가 물었어.

툴툴 마녀는 덧셈 때 배웠던 받아올림을 떠올렸어.

"덧셈에서 중요한 게 '받아올림'이니까 뺄셈에서도 그게 중요한 거 아냐?"

민준이가 기특한 미소로 고개를 끄덕거렸어.

"뺄셈에선 말이야, 받아올림이 아니라 '받아내림'을 해야 해. 일의 자리부터 뺄셈을 하는데 1에서 8을 뺄 수가 없어. 그러니까 앞의 십의 자리에서 받아내림 해 줘야 해. 받아내림 한 10과 원래 1이 만나 11이 되고, 8을 빼면 3이 되지.

십의 자릿수 4는 3이 되겠고.

다음 십의 자리는 3에서 5를 빼야 하는데, 수가 모자라니 앞자리에서 10을 받아내림 해 줘야지. 그래서 13에서 5를 빼면 8이 돼. 마지막으로 백의 자릿수 5에서 2를 빼면 3이 되지."

$$\begin{array}{r} {\overset{\overset{\scriptstyle 10}{\scriptstyle 5\ 3\ 10}}{\cancel{6}\cancel{4}1}} \\ -\ 258 \\ \hline 383 \end{array}$$

툴툴 마녀는 고개를 끄덕였어.

"아! 두 수를 더해서 10보다 큰 수가 나오면 윗자리에 받아올림 해서 셈하고, 뺄셈에서 빼어지는 수가 빼는 수보다 작을 때는 윗자리에서 받아내림 하여 셈하는 거구나!"

옆에서 지켜보던 선우가 툴툴 마녀를 툭툭 치더니 툴툴 마녀가 좋아하는 당근을 내밀었어. 툴툴 마녀는 선우를 보고 씩 웃어 주었어. 새침한 선우와 조금은 가까워진 것 같았지.

덧셈은 받아올림!
뺄셈은 받아내림!

이것이 포인트!

뺄셈의 기본 받아내림

받아내림에서 가장 중요한 건 그 숫자를 지우고 하나 작은 수를 꼭 써 놓는 거야.

963-395를 해 볼까?

일의 자릿수 3에서 5를 뺄 수가 없어. 받아내림이 필요하지. 앞의 십의 자리에서 10을 받아내림 해. 그리고 십의 자릿수 6은 지워 주고 5를 써 주어야 해.

일의 자리에서는 받아내림 한 10과 3을 더해 13이 되고, 13에서 5를 빼면 8이 되지.

십의 자릿수 5에서 9를 빼야 하는데 뺄 수가 없으니 앞의 백의 자리에서 10을 받아내림 해. 백의 자릿수 9는 지우고 8을 써 주면 돼.

그리고 십의 자릿수 15에서 9를 빼면 6이 되고, 백의 자릿수 8에서 3을 빼면 5가 되어서 568이 나오는 거야.

5. 수학 실력으로 풀어낸 영수증 사건

마트에 갔던 엄마가 왔어.

엄마는 들고 있던 장바구니를 식탁 위에 올려놓고 사온 물건들을 하나씩 하나씩 꺼냈지. 민준이와 선우는 맛있는 간식이 있을까 기대하며 식탁으로 갔어. 툴툴 마녀와 샤샤도 덩달아 구경할 셈이었지.

샤샤는 내심 생선이 있으면 좋겠다 싶었어. 통조림 캔에 들어 있는 생선은 영 맛이 없어서 말이야. 싱싱한 생선이 있다면 오늘밤에라도 슬쩍할 생각이었어.

샤샤는 엄마가 정리하는 물건에서 눈을 떼지 않았어. 그때 샤샤 눈이 반짝 빛났어. 비닐에 물오른 고등어가 들어 있었거든. 단박에 봐도 아주 싱싱한 놈이란 걸 알 수 있었지.

'아싸!'

샤샤가 좋아서 겅중겅중 뛰었어. 그런데 걸리는 게 있었어.

흰둥이란 녀석이 야행성이라 잠은 안 자고 밤새도록 부스럭 대니까 말이야. 몰래 고등어를 먹었다가는 흰둥이한테 분명히 들킬 거란 말이야.

'저 녀석을 자게 하는 방법이 없을까?'

이리저리 꾀를 낼 궁리를 하는 샤샤 옆에서 영수증을 보던 엄마가 볼멘소리를 했어.

"어? 이게 뭐야! 마트 직원이 잘못 계산 했잖아!"

엄마 눈이 동그래지더니 화난 용처럼 뜨거운 콧김이 쏟아져 나왔어.

선우와 민준이는 고개를 빼꼼 내밀어 엄마가 들고 있는 영수증을 봤지.

"마지막에 산 시금치 가격이 2350원인데, 2530원으로 계산해 놓았네. 그래서 모두 더하니 5190원이 되었어."

민준이가 대뜸 말했어.

"아휴, 복잡해. 그러니까 이게 얼마로 계산을 해야 하나……."

엄마는 영수증을 들고 머릿속으로 셈을 했어.

덧셈과 뺄셈을 배운 툴툴 마녀는 문득 계산 욕심이 생겼지.

"어디 봐요."

툴툴 마녀가 영수증을 뺐었어.

"그러니까 어떤 수에 2350을 더해야 할 것을 잘못하여 2530을 더했더니 5190이 되었다는 거지?"

식구들은 깜짝 놀라 숨죽인 채 툴툴 마녀를 바라보았어.

"어디 보자……, 시금치를 사기 전의 물건 값을 □이라고 하면 잘못 계산한 식은 □+2530=5190이 된단 말이지."

툴툴 마녀는 개구리를 거미로 변하게 하는 마법을 실습할 때보다 가슴이 더 두근거렸지.

"그렇다면 우선 □가 무엇인지 계산해 봐야겠다.

□+2530=5190에서 □가 얼마인지 알아보려면 5190−2530을 하면 돼.

그러므로 □=2660

올바른 계산으로 2660+2350은 5010원이야! 아줌마, 마트에서 5010원을 받아야 하는데 5190원을 받은 거예요.

5190−5010=180이니까 180원은 제가 받아 올게요."

식구들은 눈 깜짝할 사이에 계산을 끝내고 달려 나가는 툴툴 마녀의 뒷모습을 보며 박수를 쳤어.

툴툴 마녀는 날아갈 것 같았어. 빗자루를 타지도 않았는데 마트 가는 발걸음이 하늘을 나는 것처럼 가벼웠지.

'흐흐, 이제 제1마법을 배울 날이 얼마 남지 않은 거야.'

툴툴 마녀의 콧노래 소리가 길을 따라 울려 퍼졌어.

툴툴 마녀를 따라 샤샤도 콧노래를 부르며 따라가고 있었어. 어느 틈엔가 샤샤의 입에는 고등어 한 마리가 물려져 있었지.

덧셈과 뺄셈에서 가장 중요한 것

덧셈은 받아올림, 뺄셈은 받아내림이 중요해.

그런데 그게 헷갈려서 문제를 많이 틀리곤 하지.

수는 십진법으로 되어 있어서 숫자를 만들 때 10이 채워지면 한 자리씩 올라가는 거야.

9에서 1을 보태어 10이 되면 일의 자리는 0이 되고, 십의 자리가 1이 되는 것처럼 19에 1을 보태면 일의 자리는 0이 되고, 십의 자리는 2가 되어 20이 되는 거지.

이런 원리만 알고 있다면 덧셈과 뺄셈이 함께 있는 문제라도 쉽게 풀 수 있어.

덧셈에서 10이 넘으면 윗자리로 1을 올려 주면 되고, 뺄셈에서 수가 모자라면 윗자리에서 10을 내리면 되는 거야.

단, 덧셈에서 10을 올릴 때 1이라고 써 주고, 뺄셈에서 10을 내릴 때는 10이라고 써 주는 것만 기억하면 절대 헷갈리지 않아!

그럼, 문제를 풀어 보자. 숫자 카드 5장이 있어.
5장의 카드 중에서 4장을 뽑아서 만들 수 있는 가장 작은 수와 가장 큰 수의 합과 차를 구하는 게 문제야.

$$
\begin{array}{r}
^{1\,1}\\
1356\\
+7653\\
\hline
9009
\end{array}
\qquad
\begin{array}{r}
^{10}_{5\,4\,10}\\
7\cancel{6}\cancel{5}3\\
-1356\\
\hline
6297
\end{array}
$$

가장 작은 수 1356과 가장 큰 수 7653을 더하면 9009가
되고, 빼면 6297이 되지!
이제 '받아올림'과 '받아내림'의 원리를 정확히 알겠지?

곱셈

6. 흰둥이와 샤샤의 수염 대결

샤샤와 흰둥이만 집에 있는 오후였어.

흰둥이는 제집 톱밥 속에서 뭘 하는지 통 보이지 않았어. 샤샤는 고양이 세수도 했다가, 집 안을 어슬렁거리기도 했다가, 식탁 위로 훌쩍 뛰어 보기도 했지. 그래도 너무너무 심심한 거야.

가만가만 흰둥이 집 앞까지 다가가서 얼굴을 착 붙이고는 눈알을 데굴데굴 굴렸어.

집이 흔들리자 흰둥이가 무슨 일인가 싶어서 얼굴을 빼꼼 내밀었지. 그러자 제집 벽에 거대한 검은 얼굴이 보이는 거야.

"엄마야!"

놀란 흰둥이가 뒤로 자빠지는 바람에 쳇바퀴가 흔들거리고 톱밥에는 구덩이가 생겼어.

"흐흐흐, 놀라지 마. 샤샤라고!"

샤샤는 엉큼한 미소를 지으며 말했어.

"야, 깜짝 놀랐잖아! 못생긴 얼굴을 내 집 앞에 대고 뭐하는 거야!"

"심심할까 봐 놀아 주려고 그랬지! 흐흐흐."

흰둥이는 어이가 없었어.

"쳇, 고양이가 쥐 생각해 준다더니 고마워서 눈물이 날 지경이다."

그때 샤샤의 수염 하나가 쏙 빠지며 떨어졌어.

"휴, 요즘 스트레스를 받았더니 수염이 자꾸만 빠지네."

떨어진 수염을 들고 샤샤는 눈물을 글썽거렸어.

"스트레스? 그거 받을 사람, 아니, 동물은 나라고! 너 때문에 내 수염이 더 빠진다, 빠져."

흰둥이가 눈을 동그랗게 치켜뜨며 대들었어.

"그러면 누구 수염이 더 빠졌나 볼래?"

"얼마든지!"

샤샤와 흰둥이는 그동안 빠진 수염에 대해 늘어 놓기 시작했어.

"네가 여기 온 후로 하루에 18개씩 일주일째라고."

흰둥이가 말했어.

"겨우 18개? 나는 처음 이틀은 괜찮았지만, 나머지는 닷새 동안 몰아서 빠졌다고. 이틀은 25개씩, 사흘은 26개씩!"

샤샤와 흰둥이는 서로 수염이 많이 빠졌다고 허풍을 떠는데 누가 더 많이 빠졌는지는 알 수가 없었어.

"그럼 정확하게 셈을 하자고!"

흰둥이가 말했어.

그런데 마법이라면 문제없지만 샤샤가 셈을 어떻게 하겠어. 샤샤는 곤란했지만 자존심은 있어서 연필부터 챙겨 들며 말했어.

"네가 먼저 풀어 봐. 맞나 볼 테니까."

흰둥이가 씩 웃으면서 설명하기 시작했어.

"내가 말이지, 민준이랑 살면서 어깨너머 배운 수학 실력이 꽤 된다고. 이럴 때는 곱셈식을 만들어 셈을 해야 하는 거야."

흰둥이는 마치 선생님이 된 듯이 말했어.

"너 어느 때 곱셈을 하는지 알아?"

흰둥이가 물었어. 샤샤는 알 리가 없었지. 샤샤는 조금 전에 흰둥이가 한 말을 떠올려 보았어.

'흰둥이는 하루에 18개씩 일주일간 빠졌고, 나는 25개씩 이틀간, 26개씩 사흘간 빠졌다고 했어. 그런데 흰둥이는 곱셈으로 계산해야 한다고 말했잖아. 뭐지? 뭘까?'

샤샤가 생각에 빠진 동안 이 기회에 샤샤 코를 납작하게 해 주겠다고 결심한 흰둥이의 목소리가 커졌어.

"곱셈 계산은 같은 것끼리의 묶음이 여러 개 있을 때 하는 거야! 나의 빠진 수염은 18개의 묶음이 7개 있는 거고, 샤샤 너의 빠진 수염은 25개의 묶음이 2개, 26개의 묶음이 3개 있는 거지."

샤샤는 자기도 모르게 고개를 끄덕거렸어.

흰둥이는 계속 말했지.

"이건 곱셈에서도 쉬운 쪽에 속하는 (두 자리 수)×(한 자리 수)의 셈이지. 내 수염의 개수를 계산하려면 18개의 묶음이 7개니까 18×7=□로 식을 쓸 수 있어. 이제, 네 수염 개수를 계산해 볼게. 25개의 묶음이 2개, 26개의 묶음이 3개이니까 25×2=□, 26×3=□라는 식으로 쓸 수 있지."

계산을 마친 흰둥이 표정이 일그러졌어.

'이런, 2개 차이로 내가 덜 빠졌잖아…….'

"쳇, 나도 다 알고 있었다고! 그래도 뭐, 앞으로 널 괴롭히는

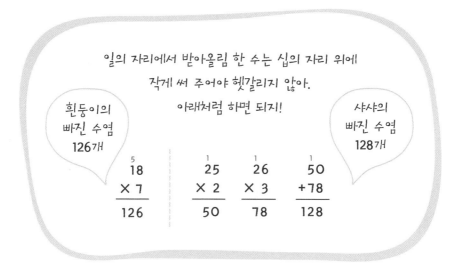

일의 자리에서 받아올림 한 수는 십의 자리 위에
작게 써 주어야 헷갈리지 않아.
아래처럼 하면 되지!

흰둥이의
빠진 수염
126개

샤샤의
빠진 수염
128개

$$\begin{array}{r} \overset{5}{1}8 \\ \times\ 7 \\ \hline 126 \end{array}$$

$$\begin{array}{r} \overset{1}{2}5 \\ \times\ 2 \\ \hline 50 \end{array}$$

$$\begin{array}{r} \overset{1}{2}6 \\ \times\ 3 \\ \hline 78 \end{array}$$

$$\begin{array}{r} \overset{1}{5}0 \\ +78 \\ \hline 128 \end{array}$$

걸 좀 줄여 보도록 할게."

샤샤는 어려운 곱셈을 배우며 많은 숫자를 보느라 흰둥이의 빠
진 수염의 개수가 자기 것이라고 착각한 거야.

이걸 재빠르게 눈치챈 흰둥이도 괜히 큰 소릴 쳤어.

"샤샤, 두고 보겠어!"

흰둥이에게 배우는 곱셈의 기본

구구단을 왜 외우는지 알아? 곱셈을 풀 때 구구단을 알아야 쉽게 풀 수 있기 때문이야.

구구단은 곱셈의 기본이라고 할 수 있어.

곱셈은 같은 것끼리의 묶음이 여러 개씩 있을 때 할 수 있는 셈의 방법이야.

덧셈으로 하는 것보다 계산을 빨리할 수 있어.

일단, 올림이 없는 수의 곱셈이 가장 쉽지.

$124 \times 2 = ?$ 라는 문제를 볼까?

이 문제를 풀어서 생각해 볼 수 있어.

$$124 \times 2 = (100 \times 2) + (20 \times 2) + (4 \times 2)$$
$$= (200) + (40) + (8)$$
$$= 248$$

올림이 없는 수의 곱셈은 구구단만 안다면 쉽게 할 수 있어. 그러면 올림이 있는 수의 곱셈은 어떨까?

곱셈을 할 때 중요한 건 자릿수를 잘 살피면서 계산하는 거야. 바로 숫자의 자릿값을 꼭 생각해야 한다는 거지! 자리에 맞추어 숫자를 써 주는 것을 잊으면 안 돼!

구구단은 곱셈의 기본이니까 꼭 외워 둬!

$$
\begin{array}{r}
{}^{7\,5} \\
497 \\
\times\quad 8 \\
\hline
3976
\end{array}
$$

이 문제를 자세히 풀어 보면 아래와 같아.

$$
\begin{array}{r}
497 \\
\times\quad 8 \\
\hline
56 \\
720 \\
3200 \\
\hline
3976
\end{array}
$$

56 ← 7×8 (일의 자리부터 계산)

720 ← 90×8 (다음은 십의 자리 계산)

3200 ← 400×8 (마지막으로 백의 자리 계산)

그런데 말이야, 문장으로 된 문제가 어렵다고들 하는데 어렵게 생각할 거 없어. 곱셈이 술술 풀리는 마법 같은 규칙만 알면 쉽지!

규칙① 구하려고 하는 것이 무엇인지 알고,

규칙② 주어진 조건을 알고, 어떤 계산을 해야 하는지 생각해 보는 거야.

규칙③ 그런 후 알맞은 식을 세워 계산하고

규칙④ 구한 답이 문제의 조건에 맞는지 확인하는 거지.

그럼, 이쯤에서 퀴즈! 운동장에 자동차 17대와 자전거 26대가 있어. 운동장에 있는 자동차 바퀴와 자전거 바퀴의 수는 모두 몇 개일까?

① 구하려고 하는 것은 자동차 바퀴와 자전거 바퀴 수의 합이야.

② 주어진 조건은 자동차는 17대, 자전거는 26대가 있다는 거지.

③ 이제 알맞은 식을 세워 볼 수 있겠지?

자동차의 바퀴는 4개이고, 모두 17대가 있으므로
$4 \times 17 = 68$
자전거의 바퀴는 2개이고, 모두 26대가 있으므로 $2 \times 26 = 52$
마지막으로 자동차 바퀴와 자전거 바퀴 수를 더하면, $68 + 52 = 120$
그러므로 답은 120개!

바퀴의 수는 모두 120개야!

곱셈과 부등호

7. 엄마로 변신한 툴툴 마녀

　샤샤와 흰둥이가 수염을 두고 투닥거리는데 민준이가 집에 왔어. 민준이를 따라 툴툴 마녀도 들어왔지.

　"왜 자꾸 날 따라다녀?"

　민준이가 까칠하게 말했어.

　"그 길이 다 네 것도 아닌데, 내가 널 따라다니든 말든 무슨 상관이야?"

　사실 툴툴 마녀는 수학 잘하는 비법을 알아내려고 민준이를 따라다녔지.

　민준이가 가방을 열다가 인상을 찌푸렸어.

　"아! 오늘은 정말 영어 학원에 가기 싫은데……."

　그러면서 툴툴 마녀를 째려봤어.

"나 지금 무지 스트레스 받는 중이니까 건드리지 마!"

"쳇, 순 이기적이야!"

툴툴 마녀도 지지 않았어.

"너 말이야, 흰둥이를 찾을 땐 뭐든지 해 줄 것처럼 그러더니, 이제 다 해결되니까 내가 귀찮다 이거야?"

툴툴 마녀의 말에 민준이도 할 말은 있었어.

"귀찮은 게 아니라, 내가 가기 싫은 학원까지 엄마가 자꾸만 가라고 하니까 신경질이 나서 그런 거지!"

"그래? 그럼 내가 오늘 학원 못 간다고 대신 말해 줄까?"

툴툴 마녀는 학원에 다니는 민준이가 좀 안쓰럽다는 생각이 들었어. 그래서 영어 학원까지 단숨에 달려가 오늘은 민준이가 학원에 못 올 거라고 말하고 왔지. 물론 이번에는 마법을 조금 쓰긴 했어. 민준이 엄마로 변신하는 마법 말이야!

"정말 말하고 온 거야?"

민준이가 툴툴 마녀를 붙들고 말했어.

"야, 가려면 말을 하고 가야지. 오늘 영어 시험을 본다고 했단 말이야. 엄마라면 분명 시험지를 달라고 할 거야."

민준이 말에 툴툴 마녀는 어이가 없었지.

'기껏 다녀왔더니! 어휴, 꿀밤을 먹일 수도 없고.'

이번에도 툴툴 마녀는 번개처럼 학원에 갔다 왔어. 그런데 민준이가 또 울상인 거야.

"참, 깜박했는데 선우도 그 학원에 같이 다니거든. 지금쯤 선우가 도착했을 텐데……."

툴툴 마녀의 코가 씰룩거렸어. 화가 나서 콧구멍으로 뜨거운 숨이 나오려고 했지만 참았어. 이를 꽉 물고 툴툴 마녀는 다시 한 번 학원까지 가서 교실에 있던 선우를 데리고 집으로 왔어. 선우는 영문도 모른 채 좋아했지!

민준이가 말했어.

"이게 다 툴툴 마녀를 위한 거라고."

툴툴 마녀는 길쭉한 눈을 치켜떴어.

"뭐? 나를 그렇게 부려 먹고 나를 위해서라고?"

"그럼!"

민준이는 당당하게 말하면서 으르렁거리는 툴툴 마녀에게 앉으라고 손짓을 하며 스케치북을 펴고 그림을 그리기 시작했어.

"전에 내가 발 길이로 재어 본 적이 있는데, 우리 집에서 학원까지는 약 259m야. 그런데 툴툴 마녀가 집에서 학원까지 3번 갔

다 왔다 했지. 그러면 툴툴 마녀가 집에서 학원까지 다녀간 거리
는 모두 몇 m일까?"

민준이는 툴툴 마녀를 놀리듯 문제를 냈어.

"야! 갑자기 그렇게 어려운 문제를 내면 어떡해?"

툴툴 마녀가 볼멘소리를 늘어놨어.

"이런 어려운 문제도 척척 풀어야 제1마법이란 걸 전수받을 수
있지 않겠어?"

민준이가 힐끗 쳐다보며 말했어. 그제야 툴툴 마녀도 그림 앞
으로 다가가 앉았지. 툴툴 마녀는 곱셈식을 떠올렸어.

샤샤는 민준이가 낸 문제를 듣자마자 흰둥이에게 달려갔어.

"우리도 같이 풀어 볼래? 이번엔 내가 먼저 풀어 볼 거야."

"그러시던지."

흰둥이가 해바라기씨를 먹으면서 콧방귀를 꼈지. 샤샤는 발톱
을 세우고 바닥에다 숫자를 쓰며 계산해 보기 시작했어.

"끙, 그러니까 집에서 학교까지가 259m고, 3번을 갔다 왔으니

까……."

툴툴 마녀는 연필을 손가락 사이에 끼우고 이리저리 굴렸어.

"아! 259×3이야! 음하하, 이것도 모를 줄 알고?"

툴툴 마녀가 입꼬리를 올리며 뿌듯한 목소리로 말했어.

"그럴 줄 알았다니까. 나한테 덤빌 생각만 하지 말고 생각을 하란 말이야, 생각을!"

"너! 나를 골탕 먹이려고 억지 부리는 거지?"

"자, 보라고."

민준이는 들은 척도 않고 다시 스케치북에 그림을 그렸어.

"아파트에서 학원까지 거리가 259m야. 이건 갈 때만 해당되지. 그런데 올 때도 같은 거리를 오는 거잖아. 그러니까 한 번 갔다 온 거리는 259m+259m가 되는 거지.

그런데 3번을 왕복했으니까 모두 6번이 되는 거고, 식으로 쓰면 259×6=□이 되는 거지!"

설명을 들은 툴툴 마녀가 멍한 표정으로 민준이를 바라봤어.

"아! 왜 그 생각을 못했지?"

"쯧쯧, 수학은 말이지 급하게 생각하면 늘 실수를 하게 돼. 너 수학 잘하는 비결이 뭔지 알아? 단순하게 보이는 대로 생각하는 게 아니라 깊이 생각해야 한다는 거야. 아무리 다 아는 문제라도 실수를 하면 틀리거든. 실수를 안 하는 것도 수학 실력이라고."

툴툴 마녀는 할 말이 없었어. 대신 민준이가 만들어 놓은 식을

직접 풀겠다고 나섰지. 이제 실수 같은 건 하지 않기로 마음먹고 말이야. 그러면서 스케치북에다 문제를 풀기 시작했어.

"259×6은 1554. 그러니까 1554m야!"

툴툴 마녀가 답을 외쳤어.

"정답! 이제부터 나를 졸졸 따라다닐 생각만 하지 말고 깊이 생각해 보라고!"

"쳇!"

툴툴 마녀와 민준이가 수학 공부를 하는 동안 흰둥이 집 앞에는 샤샤의 수염이 3개나 빠져 있었어. 샤샤의 계산은 아직도 끝나지 않았고 말이야.

어려운 곱셈 쉽게 풀기

우리 반 친구들이 하는 말이 곱셈 문제에서 빈칸을 채우는 문제가 가장 어렵대. 이 문제만 잘 풀면 제1마법에 훨씬 가까워진다나 뭐라나!

$$
\begin{array}{r}
4\square2 \\
\times\ 8 \\
\hline
3616
\end{array}
$$

□를 ㉠이라고 하면,
4㉠2 × 8 = 3616 이라는 식이 돼.

일의 자리를 곱하면 2 × 8 = 16, 그리고 십의 자리를
곱하면 ㉠0 × 8 = □, 마지막 백의 자리를 곱하면
400 × 8 = 3200

빈칸을 알기 위해서 일의 자릿수를 곱한 수와 백의 자릿수를 곱한 수를 더하면 3216이 되지. 그런데 답은 3616이란 말이야. 즉, 400이 부족해.

무슨 숫자에 8을 곱하면 400이 될까? 맞아! 바로 50이야. 그러니까 □에 들어갈 수는 바로 '5'가 되는 거지.

부등호를 생각해서 계산해야 하는 문제를 내 볼게.

$4200 < 79 \times \square$

□ 안에 들어갈 수 있는 수 중에서 가장 작은 수는 뭘까? 자, 이제부터 풀어 보자고. 깊이 생각하는 것도 잊지 말고!

$79 \times \square$는 4200보다 큰 수야. 그런데 $79 \times \square$에 들어갈 수 중에서 가장 작은 수를 구하래.

79는 왠지 복잡해 보이니까 조금은 간단한 수인 80으로 생각하면 훨씬 쉬워질 거야. 4200보다 큰 수를 만들어야 하니까, 80에 어떤 수를 곱해야 4200보다 큰 수가 되는지부터 알아야 해.

$80 \times 50 = 4000$ 자, 4200에 가까이 갔으니까 여기서부터는 바로 계산해 보자.

$79 \times 50 = 3950$, $79 \times 51 = 4029$, $79 \times 52 = 4108$, $79 \times 53 = 4187$, $79 \times 54 = 4266$, $79 \times 55 = 4345$

이렇게 계속 계산할 수도 있지만, 우리가 원하는 답은 □ 안에 들어갈 수 중에 가장 작은 수이므로 답은 54가 되는 거야.

어렵다고 생각하는 문제를 만나도 겁내지 않고 차근차근 생각해 보고 풀어 가는 것! 그게 바로 어려운 곱셈을 틀리지 않게 푸는 방법이야!

8. 갑작스런 버스 사고

"애들아, 할머니 댁에 좀 다녀와!"

엄마가 민준이와 선우에게 심부름을 부탁했어.

"엄마, 우린 지금 한창 게임 중이라고요!"

아이들이 소리쳤지.

엄마는 화가 나서 아이들 방문을 확 열었어.

"너희 정말 말 안 들을 거야!"

그제야 아이들은 엄마를 돌아보며 얼굴을 찡그렸어.

"엄마는 꼭 그래. 우리가 중요한 일을 할 때마다 심부름만 시키고……."

그때 툴툴 마녀가 물었어.

"아줌마, 왜 그러세요?"

엄마는 방금 한 떡을 보자기에 싸고 있던 참이었지.

"이걸 민준이 외할머니 댁에 갖다 드려야 하는데 내가 일이 생겨서 갈 수가 없잖니. 그래서 애들에게 심부름 좀 시켰더니 저녀석들이 도무지 말을 안 듣는구나."

툴툴 마녀는 잘됐다고 생각했어.

"아줌마 걱정하지 마세요. 제가 애들 데리고 갖다 드리고 올게요."

순간 엄마 얼굴이 환해졌어.

"그럴래? 마을버스 타고 세 정거장만 가면 돼. 잘 찾아갈 수 있겠니?"

"저 못 믿으세요? 저 마녀라고요, 툴툴 마녀요!"

민준이와 선우는 툴툴 마녀 말에 어처구니가 없었지. 언제는 엄마를 천사로 만들어 준다면서 이제는 심부름까지 하겠다고 나서고 있으니까.

"빨리 가자!"

툴툴 마녀는 아이들 손을 끌고 나왔어.

버스 정류장에서 몇 분을 기다리니 할머니 댁으로 가는 버스가 도착했어. 토요일 오후라 그런지 버스에 사람이 많았어. 툴툴 마녀와 민준이, 선우는 버스에 올라섰지.

"휴, 넌 왜 끼어들어서 우리를 괴롭히는 거야?"

선우가 짜증을 내자 툴툴 마녀가 말했어.

"이렇게 날씨도 좋은데 방 안에서 게임하는 거보다 낫지 뭘 그
래?"

그런데 갑자기 버스가 덜컹거리며 흔들렸어. 그러고는 갑자기
멈췄어. 자리에 앉아 있던 사람들은 앞 좌석 등받이에 이마를 부
딪히고 서 있던 사람들은 다들 넘어졌지. 툴툴 마녀도 발버둥쳤
어. 민준이와 선우가 툴툴 마녀 위로 넘어져 있었거든.

"에고, 툴툴 마녀 살려!"

"승객 여러분, 죄송합니다. 갑자기 다른 차가 끼어들었어요."

버스 기사 아저씨도 정신이 없는지 황급히 뒤를 돌아보며 사과

를 했어. 하지만 이미 승객들은 넘어져 다친 후였지.

곧바로 경찰관과 119 구조 대원들이 왔어. 버스에 타고 있던 승객들은 근처 병원에서 치료를 받게 되었어.

"자자, 근처에 병원 세 곳이 있습니다. 많이 다치신 열 분은 응급차를 타시고, 조금 다치신 분들은 걸어가 주세요."

툴툴 마녀와 아이들은 천만다행으로 많이 다치지 않았지.

"난 다친 데가 없는 것 같은데?"

"나도."

민준이와 선우가 서로를 바라보며 말했어.

"야! 너희들이 깔아뭉개는 바람에 내 뼈다귀에 금이 갔을지도 모른다고!"

툴툴 마녀가 버럭 소리를 질렀지.

"무조건 따라와. 나도 이 기회에 병원에서 제대로 진찰 좀 받아 보자."

툴툴 마녀는 아이들을 잡아끌었어. 그때 민준이가 툴툴 마녀에게 말했어.

"잠깐 기다려 봐."

그러고는 걸어서 병원에 가려는 사람들 앞에 섰어.

"자자, 이렇게 무작정 가시면 안 돼요. 자, 할머니는 저 병원으로 가시고, 아줌마는 이 병원으로……."

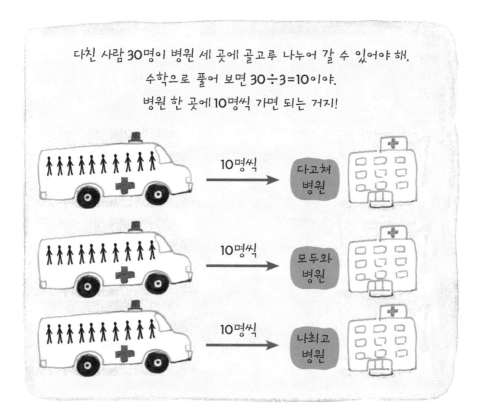

다친 사람 30명이 병원 세 곳에 골고루 나누어 갈 수 있어야 해.
수학으로 풀어 보면 30÷3=10이야.
병원 한 곳에 10명씩 가면 되는 거지!

10명씩 → 다고쳐 병원

10명씩 → 모두와 병원

10명씩 → 나최고 병원

민준이는 다친 사람들이 병원 세 곳으로 골고루 나누어 갈 수 있도록 도왔어.

툴툴 마녀가 물었어.

"아무 데나 가고 싶은 병원으로 가면 되잖아?"

선우도 고개를 갸웃거렸지.

"이래서 툴툴 마녀는 한참 멀었다는 거야. 대체 제1마법을 전수받을 생각이 있기는 한 거야?"

"병원 가는 거랑 제1마법이랑 무슨 상관인데?"

툴툴 마녀는 또 버럭 소리를 질렀지.

"수학은 말이야 우리 생활에서 응용할 수 있는 공부라고. 잘 생각해 봐. 이 근처에 세 곳의 병원이 있어."

"그래서?"

"응급실에 남은 침대가 다고쳐 병원 10개, 모두와 병원 10개, 나최고 병원 10개라고 했어. 그런데 다친 사람들은 30명이고, 많이 다친 사람 10명이 '다고쳐 병원'으로 갔으니까, 나머지는 '모두와 병원'과 '나최고 병원'으로 가야 해. 그래야 기다리지 않고 진찰받을 수 있다고."

툴툴 마녀는 알 것 같기도 하고 모를 것 같기도 했지. 어쨌든 민준이가 시키는 대로 나최고 병원으로 갔어.

침대에 누운 툴툴 마녀는 병원은 처음이었는데, 왠지 모르게 무서웠어.

"아, 병원이란 곳은 안 오는 게 좋은 거구나."

"그걸 이제 알았어? 게다가 마녀한테는 더 쓴 약과 아픈 주사를 줄지도 몰라."

선우가 키득거렸지.

침대에 가만히 누워 눈을 굴리던 툴툴 마녀가 벌떡 일어나며 말했어.

"얘들아, 버스에 외할머니께 갖다 드릴 떡을 놔두고 왔잖아! 빨리 돌아 가자."

툴툴 마녀는 뒤도 안 돌아보고 병원을 나갔어. 저 멀리 툴툴 마녀를 부르며 쫓아오는 아이들 소리가 들렸지.

쉽고 유용한 나눗셈의 비밀

나눗셈은 어떤 수에서 어떤 수만큼 똑같이 덜어내거나 묶는 걸 말해. 몇 번까지 덜어낼 수 있는 지, 몇 개의 묶음을 만들 수 있는 지를 생각하면 쉽지. 9개의 사탕을 세 사람에게 똑같이 나누어 주려고 할 때 나눗셈이 필요한 거야.

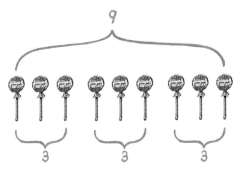

9개의 사탕을 세 사람에게 나누어 주려면 한 사람에게 3개씩 줄 수 있어. 위 그림처럼 말이야. 수학 식으로 쓰면 9÷3=3이 되지. 이게 바로 나눗셈이야!

9. 할머니는 나눗셈의 왕!

툴툴 마녀와 아이들은 할머니께 드릴 떡을 무사히 찾았어.

툴툴 마녀는 허리가 조금 아팠지만 말하지 않기로 했어. 끔찍하게 쓴 약을 먹을지도 모른다는 생각에 머리를 절레절레 흔들었지.

할머니는 손자들을 반기며 툴툴 마녀에게 물었어.

"못 보던 얼굴은 누군가?"

"수학을 배우러 온 툴툴 마녀예요."

선우가 할머니를 꼭 안으며 대답했어.

"할머니, 엄마가 맛있는 떡 드시래요."

"그래, 그래. 얼마나 맛있나 같이 먹어 볼까?"

툴툴 마녀 배에서 꼬르륵 소리가 났어. 병원에서의 긴장 때문

에 배가 더 고팠지.

떡 보자기를 푸니 아주 먹음직스러운 인절미가 있었어. 툴툴
마녀는 저도 모르게 떡을 냉큼 집었어.

"툴툴 마녀! 어른인 할머니가 먼저 드셔야지!"

민준이가 툴툴 마녀의 손을 탁 쳤어. 그 바람에 툴툴 마녀가 잡
은 떡이 '톡' 하고 떨어졌지.

"쯧, 얼마나 배가 고팠으면……."

툴툴 마녀는 할머니 말을 놓치지 않고 크게 말했어.

"그러니까요!"

찢어진 두 눈을 살살거리며 잠깐 민준이 눈치를 보더니 순식간

에 인절미 2개를 먹어 치웠지.

"툴툴 마녀! 이거 엄마가 할머니 드시라고 한 떡이거든?"

"자자, 그러지 말고 할머니가 똑같이 나누어 줄 테니 우리 맛
있게 먹도록 하자."

할머니는 인절미를 세기 시작했어.

"모두 53개니까……."

"아니죠. 할머니 55개죠. 툴툴 마녀가 먹은 2개를 더하면요."

선우가 얄밉게 끼어들었어.

할머니는 인절미를 뚝딱 나누어 앞에 놓았어.

"툴툴 마녀는 11개, 민준이 13개, 선우 13개, 그리고 나도 13개.

그리고 3개가 남는구나."

"할머니! 어쩜 그렇게 계산이 빠르세요?"

툴툴 마녀가 놀라서 물었어.

"이 정도야 기본이지. 나눗셈을 잘해야 공평할 수 있어."

'호오, 할머니 수학 실력이 대단하신걸. 이 집안 사람들은 수학 왕의 피가 흐르는 게 분명해.'

툴툴 마녀는 속으로 감탄을 했지.

할머니네 집에서 배부르게 떡을 먹는 소리가 맛있게 들렸어.

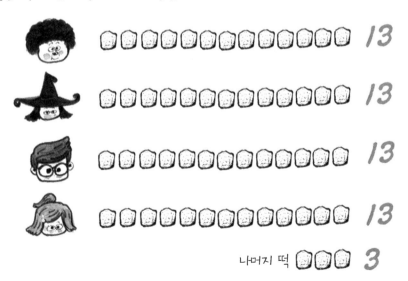

엄마가 싸 주신 떡은 모두 55개야.
툴툴 마녀와 민준이, 선우, 할머니까지 모두
똑같이 떡을 먹으려면 나눗셈을 해야 해.
$$55 \div 4 = 13 \cdots 3$$
네 사람 모두 13개씩 먹을 수 있고, 3개가 남지.
남은 떡 3개는 어떻게 하냐고? 툴툴 마녀가 먹기 전에 얼른 할머니를 드려야지!

13

13

13

13

나머지 떡 3

할머니의 나눗셈 특강

내가 이 나이에도 우리 동네 부녀회장을 맡고 있는데
이게 모두 나눗셈을 잘해서 언제나 공정하기 때문이지.
**나눗셈을 구성하는 것에는 나누어지는 수, 나누는 수,
몫, 나머지가 있어.**
그런데 나눗셈에는 나누어 떨어지는 나눗셈이 있고, 나
머지가 있는 나눗셈이 있단다.

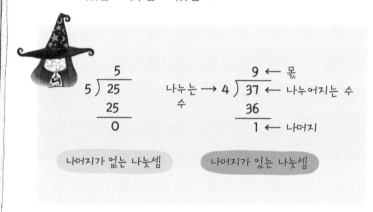

나머지가 남는 나눗셈일 경우, 나머지는 나누는 수보다
항상 작아야 한다는 걸 명심해야 해!

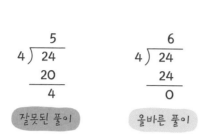

왼쪽 나눗셈 식이 맞다고 생각하니?

얼핏 보고 맞다고 하는 사람이 분명히 있을 거야.

하지만 나머지가 4인 걸 보면 틀렸다는 걸 알 수 있어.

나머지는 나누는 수인 4보다 작아야 해.

나머지 4는 나누는 수 4로 한 번 더 나누어질 수 있지.

그러면 몫이 6이 되고 나머지가 0이 되

는 나눗셈 식으로 써야 맞는 식이

되는 거야. 오른쪽처럼 말이지.

나눗셈이 있는 나눗셈에서는 나

머지와 나누는 수를 꼭 확인해야

한다는 걸 잊지 말라구!

한 번 더 생각하면
쉽게 풀 수 있어.

10. 툴툴 마녀 각도를 알다

"그러니까 엄마가 밥 좀 많이 먹으랬지!"

엄마가 화가 났는지 오늘따라 민준이를 쫓아다니며 잔소리를 늘어놓았어.

오늘 학교에서 친구들이 키가 작은 민준이를 축구 경기에 끼워 주지 않았거든. 무슨 얘기든 조잘대는 선우만 아니었다면 엄마 몰래 넘어갈 수 있었는데! 민준이는 선우를 째려보았어.

"자, 자, 시금치도 먹고, 콩나물도 먹고."

엄마는 민준이 숟가락 위에 반찬을 올려놓았어.

"으, 우리집 마녀인 엄마가 나를 죽이려고 해."

민준이가 툴툴 마녀에게 조용히 귓속말을 했어.

"아줌마도 민준이가 축구를 못 한다고 생각하는 거예요?"

툴툴 마녀가 끼어들었어.

"애들이 안 끼워 줬다면 못 하는 거 아니니?"

엄마 말에 민준이가 신경질을 냈지.

"엄마, 난 하기 싫었던 것 뿐이에요. 축구 별로라고요!"

"잔말 말고 이거 다 먹어. 다 먹을 때까지 방에 못 들어가는 줄 알아!"

상황이 아주 나빠지고 있었지.

"아줌마, 그거 아세요? 수학 잘하면 축구도 잘하는 거?"

툴툴 마녀가 민준이에게 찡긋 윙크를 하며 말했어.

"응? 무슨 말이니?"

"골대에 공을 넣으려면 각도를 알아야 하잖아요. 골대를 넘겨서는 안 되니까 적당한 각도로 공을 차는 게 중요하죠."

그때 민준이 눈이 반짝거렸지.

"내 말이 바로 그거야! 공은 내가 훨씬 잘 넣는다고!"

민준이가 큰소리를 쳤지.

"맞아, 네 단단한 머리로 헤딩슛을 하면 바로 골인일 걸."

"툴툴 마녀, 놀라운데? 어떻게 각을 알고 있어?"

"그 정도야 기본이지! 내가 마법을 부릴 때 말이야, 각도가 참 중요하거든."

툴툴 마녀가 의기양양하게 아는 척을 하기 시작했어.

"자, 봐. 여기 생쥐 한 마리가 있다고 쳐. 생쥐가 '꼭짓점'이라고 한다면 각도를 맞춰 지팡이를 잘 겨눠야 마법을 걸 수 있거든."

그때 선우가 툴툴 마녀 얼굴 바로 앞까지 다가왔어.

"정말 마법을 걸 수 있어?"

"푸핫, 그런 건 꼬마 마녀도 할 수 있는 쉬운 마법이야."

툴툴 마녀가 우쭐댔지.

"그런데 말이야, 직각에서 좀 헷갈리긴 해. 어떤 도형이 직각인지 원……."

그때 민준이가 얼른 밥그릇을 비우고 일어섰어.

"그건 내가 가르쳐 줄게."

"민준이 너, 시금치랑 콩나물만 남기면 어떡해!"

"엄마, 지금 그것보다 수학 공부가 더 중요하거든요!"

민준이는 툴툴 마녀의 손을 끌고 방으로 들어갔어.

"휴, 살았다!"

"내 덕분인 줄 알아!"

콩나물을 수염처럼 붙이고 툴툴 마녀가 말했어.

"알았어, 알았다고. 직각이 궁금하다고 했지? 직각으로 이루어진 직사각형을 그려 볼게. 직사각형은 네 변과 네 각으로 이루어진 사각형이야. 네 개의 꼭짓점을 갖고 있고 네 각이 모두 직각이지. 또 마주 보는 두 변의 길이가 각각 같아."

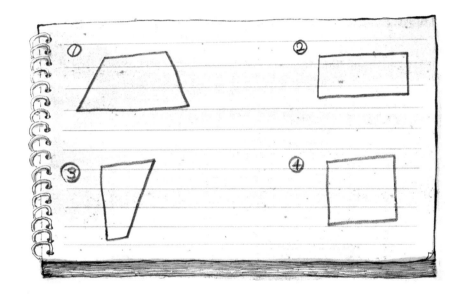

"네 각이 직각인지 어떻게 알아?"

툴툴 마녀가 직사각형을 보며 물었어.

"두 변이 만나는 곳에 각도기를 대어서 각도가 90도인지 확인하면 되지! 그림에서 직각으로만 이루어진 도형을 찾아 봐."

툴툴 마녀는 위로 갔다가 아래로 갔다 하면서 도형들을 뚫어져라 봤어. 그리고 민준이의 각도기를 냉큼 빼앗았지.

"아! 알았다! ②와 ④야!"

"흠, 제법인데!"

"그런데 말이지 도형을 뒤집거나 돌렸을 때 뭐가 어떻게 되는 건지 모르겠어."

"그럴 때는 도형의 본을 떠서 돌려 보거나 뒤집으면 쉽게 알 수 있어."

"각도기와 도형 본만 활용하면 어려울 게 없겠군."

"이제야 말이 좀 통하네!"

툴툴 마녀가 도형 본을 뒤집으면서 말하자 민준이가 깔깔거렸어.

툴툴 마녀가 알고 있는 평면 도형들

도형을 알려면 기본이 되는 각과 꼭짓점, 그리고 변을 알아야 해.
각이란 한 점에서 만나는 두 개의 반직선으로 이루어진 도형이야. 두 반직선이 벌어진 정도를 각도라고 하지.
각 ㄱㄴㄷ 또는 각 ㄷㄴㄱ이라고 읽는 거지. **꼭짓점이 가운데에 오게 읽어야 한다는 걸 기억해!**
점 ㄴ을 '꼭짓점'이라고 해.
직선 ㄱㄴ, 직선 ㄴㄷ을 '변'이라고 하지.
아까 민준이가 알려 준 직사각형 기억하지?
정사각형의 특징도 알아볼까?

네 변과 네 각을 가지고 있고, 네 각이 모두 직각이면서 네 변의 길이가 모두 같은 사각형을 정사각형이라고 해.

평면 도형을 밀거나 뒤집을 때는 도형 본을 만들어서
생각해 보면 쉬워.

도형을 왼쪽이나 오른쪽으로 뒤집으면, 도형의 오른쪽
부분은 왼쪽으로, 왼쪽 부분은 오른쪽으로 바뀌지.

도형을 위쪽이나 아래쪽으로 뒤집으면, 도형의 위쪽 부
분은 아래쪽으로, 아래쪽 부분은 위쪽으로 바뀌지.

도장을 팔 때도 이 원리를 이용해서 파는 거야.

그럼, 어려운 문제 하나 풀어 볼까?
아래 도형에서 직각은 모두 몇 개일까?

모두
8개야!

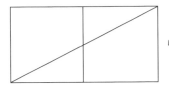 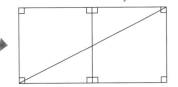

맞았어! 8개야.
정사각형이 2개니까 직각은 모두 8개가 되겠지.
두 번째 문제는 직각이 있는 삼각형 찾기야.
아래 도형 중에서 직각삼각형은 모두 몇 개일까?
식은 죽 먹기라고?
도형은 자꾸 보고 익숙해져야 두려움 없이 잘 풀 수 있
어. 여러 번 반복하는 것이 수학 실력을 높여 주는 최고
의 방법이지!

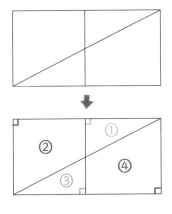 

4개가
맞는 답이야!

ll.얼음이 된 툴툴 마녀

"툴툴 마녀님, 정말 툴툴 마녀님이 제1마법을 전수받을 수 있을까요?"

어느 날, 샤샤가 걱정스럽게 말했어.

"이렇게 열심히 하고 있는데 무슨 소릴 하는 거야?"

툴툴 마녀가 소리를 꽥 질렀어.

"아니요, 그게 아니라 워낙 경쟁자가 많잖아요. 검은 마녀도 단단히 벼르고 있던데."

"지금 검은 마녀랑 나를 비교하는 거야? 검은 마녀쯤은 새 발의 피라고!"

툴툴 마녀가 열을 내며 이야기를 하는데 갑자기 문밖에서 으스스한 소리가 들렸어.

"아줌마도 나가셨고, 아이들도 아직 올 때가 아닌데?"

툴툴 마녀는 커튼을 젖히고 밖을 살폈지. 창문 사이로 검은 그림자가 휙 하고 지나갔어. 샤샤가 털을 바짝 세우고 발톱을 드러내며 날카로운 소리를 냈어. 그러자 갑자기 툴툴 마녀와 샤샤 앞에 검은 마녀가 '펑' 하고 나타난 거야.

"넌!"

"왜? 오랜만에 날 보니 놀랄 만큼 반가워?"

검은 마녀가 기분 나쁘게 웃으며 말했어.

"인간 세상에는 어쩐 일이야? 그리고 여기서는 마법을 쓰면 안 된다는 거 몰라?"

"흥! 알게 뭐야. 그나저나 이 집이 수학왕 민준이가 사는 집이 맞지?"

"그건 어떻게 알았지⋯⋯?"

"나야 늘 툴툴 마녀보다 한 수 위니까."

검은 마녀는 기분 나쁘게 또 한 번 웃어 재끼더니 지팡이를 휘둘렀어.

"얼음!"

그 순간 툴툴 마녀는 얼음처럼 딱딱하게 굳어 버렸어. 검은 마녀는 툴툴 마녀를 커튼 뒤에 숨기고는 툴툴 마녀로 변신했어.

"이를 어째!"

소파 뒤에 숨어서 상황을 지켜보던 샤샤는 발만 동동 굴렀어.

잠시 후에 민준이가 집으로 왔어.

"야! 지금 '시간'이 몇 신데 이제야 오는 거야?"

검은 마녀는 민준이를 향해 소리를 질렀어.

"어?"

민준이는 집 안을 둘러보았어. 오늘따라 흰둥이가 쳇바퀴를 부리나케 돌리고 있었지.

"왜? 날 기다렸어?"

"그래! 수학을 가르쳐 주기로 했으면 일찍 일찍 들어와야 할 거 아냐?"

민준이는 툴툴 마녀 말투가 평소 같지 않다는 생각이 들었어. 또 한 가지 이상한 점도 있었지.

"아까 '지금 시간이 몇 신데 이제야 오냐'고 했지?"

"그래!"

그때 소파 뒤에 숨어 있던 샤샤가 얼른 민준이 곁으로 갔어. 그러고는 털을 곤두세우고 으르렁거렸지. 민준이는 뭔가 이상하다는 걸 확실히 깨달았어.

"넌 툴툴 마녀가 아니야! 툴툴 마녀라면 분명 그렇게 이야기하지 않아!"

검은 마녀 얼굴이 붉으락푸르락해졌어.

'내가 툴툴이 아닌 걸 대체 어떻게 알았지?'

검은 마녀는 아쉬워하며 '펑' 하고 사라졌지.

민준이는 샤샤가 가르쳐 준 대로 커튼 뒤에서 툴툴 마녀를 찾아냈어. 툴툴 마녀는 얼음처럼 차갑고 딱딱했지. 샤샤는 감추어 둔 툴툴 마녀의 마법 지팡이를 민준이에게 주었어.

"얼음이라……, 그러면 녹아라 녹아라 땡땡땡!"

민준이는 평소 툴툴 마녀와 놀던 대로 마법 지팡이를 치며 툴툴 마녀에게 외쳤어. 그러자 툴툴 마녀의 몸이 스르르 풀리는 거야. 툴툴 마녀는 민준이를 와락 껴안았지.

"야, 너 마법의 주문을 어떻게 알았어?"

"크하하, 마법? 나도 너와 지내다 보니 좀 알게 되었나 보지."

민준이와 툴툴 마녀는 집이 떠나갈 듯 함께 웃었어.

민준이가 가짜 툴툴 마녀를 알아낸 방법

민준이는 어떻게 가짜 툴툴 마녀를 알아냈을까?

검은 마녀가 민준이에게 했던 말 때문이었어.

"지금 '시간'이 몇 신데 이제야 오는 거야?"

이 말은 틀린 말이야.

민준이가 학교에서 온 '시각'은 오후 4시야.

그러니까 "지금 '시각'이 몇 신데 이제야 오는 거야?"라

고 해야 맞는 말이지.

그러면 '시각'과 '시간'은 어떻게 다를까?

시각은 시간의 어떠한 '한 시점'을 뜻해.

시간은 어떤 시각부터 어떤 시각까지의 사이, 즉 '시각

과 시각 사이'를 말하지.

민준이와 툴툴 마녀는 전날 함께 시간과 시각에 대해

공부했어.

그래서 가짜 툴툴 마녀를 단번에

알아챌 수 있었지!

12. 마법 빗자루보다 신 나는 자전거

검은 마녀와의 일이 있은 후 툴툴 마녀는 민준이가 좋아지기 시작했어.

민준이 동그란 눈은 툴툴 마녀가 가장 좋아하는 투명 마법 구슬 같아 보였고, 잔소리만 하는 입도 예뻐 보였어.

"민준아, 너 말이야……."

툴툴 마녀가 말했어.

"나? 뭐?"

민준이가 퉁명스럽게 툴툴 마녀를 쳐다봤어.

"아니, 좀 멋있는 구석이 있다고……."

툴툴 마녀는 머뭇거리다 말했어.

"당연하지! 그런데 검은 마녀는 원래 그렇게 널 괴롭혀?"

다른 때 같으면 툴툴 마녀가 눈을 흘겼겠지만 오늘만은 그렇지 않았지.

"좀 그렇지. 마법의 세계는 아주 냉정하거든."

툴툴 마녀는 마왕의 제1법칙을 전수받을 수 있을지를 생각하니 좀 시무룩해졌어. 만약 검은 마녀에게 진다면 기회가 멀리 날아가 버리는 거잖아.

"툴툴 마녀 힘내! 우리 자전거 타고 스트레스 날려 버리러 갈까?"

사실은 민준이도 툴툴 마녀와 더욱 가까워진 것 같았던 거야.

툴툴 마녀와 민준이는 자전거를 끌고 밖으로 나왔어.

"자, 여기서부터 학교까지 2km 500m니까 누가 빨리 갔다 오나 시합하자!"

"좋아!"

민준이와 툴툴 마녀는 자전거 페달을 밟기 시작했어.

샤샤도 자전거 뒤꽁무니를 따라 뛰기 시작했지.

툴툴 마녀는 자전거가 마법 빗자루보다 힘들긴 하지만 그래도 탈 만하다고 생각했어.

민준이가 먼저 학교를 지나 집 쪽으로 돌아오고 있었어. 툴툴 마녀도 열심히 민준이를 쫓았어.

"집까지 갔다가 마트까지 한 번 더 갔다 오자. 어때?"

신이 난 민준이가 뒤를 돌아보며 말했어.

"좋아!"

툴툴 마녀가 허벅지에 알통이 생기도록 힘을 줬지만 결국 자전거 경주는 민준이가 이겼지. 그래도 기분만은 최고였어.

민준이가 물었어.

"오늘 우리가 얼마나 달린 줄 알아?"

"글쎄."

"힌트를 줄게. 집에서 마트까지는 1km 300m야."

툴툴 마녀는 자전거를 세워 놓고 땅에 숫자를 써 보았어.

"그러니까 집에서 학교까지가 2km 500m이고, 왔다 갔다 했으니까 2km 500m＋2km 500m가 되는 거지. 그리고 마트까지는 1km 300m이니까 1km 300m＋1km 300m이 되겠고. 모두를 더하면……."

툴툴 마녀는 계산을 해 보는가 싶더니 얼굴을 구겼어.

"휴, 자전거 타면서 스트레스 풀었더니 이 문제로 또 스트레스를 받는구나!"

"아냐, 스트레스 받지 말고 잘 봐. 길이의 합이나 차를 구할 때 가장 중요한 건 같은 단위끼리 합하거나 빼는 거야. 그렇게 하면 우리가 갔다 온 거리도 아주 쉽게 알 수 있다고!"

민준이는 툴툴 마녀 옆에 앉아서 숫자를 쓰기 시작했어.

$2km\ 500m + 2km\ 500m + 1km\ 300m + 1km\ 300m$

$= (2km + 2km + 1km + 1km) + (500m + 500m + 300m + 300m)$

$= 6km + 1600m$가 되지.

"1600m는 1km 600m로 바꾸면 더 간단하게 생각할 수 있어. 그러니까 $(6km + 1km) + 600m$는 7km 600m가 되는 거지. 자, 쉽지?"

"오호!"

툴툴 마녀는 수학왕 민준이가 점점 더 좋아질 것 같았어.

민준이가 알려 준 다양한 길이의 단위

길이의 합과 차를 구하기가 너무 어렵다고?

민준이가 알려 준 대로 하면 어려울 게 하나도 없어.

일단 길이를 나타내는 단위를 먼저 알아야 해.

길이의 단위는 매우 다양하지만, 몇 가지만 알아 두어도 수학 공부를 하는 데는 문제가 없지!

길이를 나타내는 단위를 작은 단위부터 순서대로 써 보면 mm, cm, m, km 등이 있어.

10mm면 1cm이고, 100cm면 1m가 되지. 그리고 1000m면 1km가 되는 거야.

아직도 어렵다고?

10mm=1cm, 100cm=1m, 1000m=1km

이 공식만 잘 외워 두면 무슨 문제든 헷갈리지 않고 풀 수 있어.

그럼 재미있는 문제로 생각해 볼까?

아래 4개의 길이 중 길이가 짧은 것부터 나열하면 어떻게 될까?

① 8cm

② 85mm

③ 6cm 9mm

④ 81mm

이런 문제는 모두 같은 단위로 바꿔서 생각하면 쉬워.
가장 작은 단위인 mm로 바꿔 볼까?

① 8cm = 80mm
② 85mm
③ 6cm 9mm = 69mm
④ 81mm

같은 단위로 바꿔서 생각해 보니 이제 확실히 비교가
되지?
길이가 짧은 것부터 나열해 보면, ③-①-④-②가 되
는 거지.

길이를 비교하거나
합이나 차를 구할 때는
꼭 같은 단위끼리 묶어서
계산하는 걸 잊지 마.
그리고 길이의 단위가 어떻게
커지는지 공식을 외워 두는 것도
잊으면 안 돼!

13. 엄마의 다이어트

툴툴 마녀는 깜짝 놀랐어.

엄마가 청소를 시작하니 눈 깜짝할 사이에 집이 반짝반짝해졌
거든.

"와, 아줌마 정말 대단하세요!"

툴툴 마녀가 엄마의 뒤꽁무니를 쫓아다니며 말했어.

"청소 열심히 해서 이참에 다이어트나 해야겠다."

엄마가 땀을 뻘뻘 흘리면서 말했어.

"좋은 생각이시네요!"

툴툴 마녀가 엄마의 엉덩이 둘레를 손으로 어림잡아 보면서 말
했어.

"툴툴 마녀, 넌 어떻게 그렇게 날씬하니?"

"적게 먹고 많이 움직이니까 그렇죠."

"저번에 보니까 엄청 많이 먹던데?"

식탐이 많은 툴툴 마녀에게 엄마가 말했지.

"흥, 아줌마, 자꾸 그러시면 마법처럼 살이 빠지는 방법 안 알려 드릴 거예요."

"살 빠지는 방법? 그게 뭔데?"

"그럼, 제가 이 집에서 지낸 것도 보답할 겸 알려 드릴까요?"

"그거 좋다. 너도 염치는 있는 마녀로구나!"

"그럼 이제부터 저만 따라 하시면 돼요."

툴툴 마녀가 혼자 키득거리면서 말했어.

"일단 마트로 가야 해요."

엄마와 툴툴 마녀는 대형 마트로 갔어. 그 큰 마트 안을 세 바퀴나 돌았지. 그러면서 툴툴 마녀는 이거 사라, 저거 사라, 사사건건 간섭을 했어. 특히 라면을 좋아하게 된 툴툴 마녀는 라면을 종류별로 카트에 담으려고 했어.

하지만 엄마의 다이어트 결심은 아주 단호했지.

"안 돼! 살을 빼려면 인스턴트 식품은 안 먹어야 해. 이제부터 라면은 금지야!"

"헉!"

그러면서 엄마는 시식 코너마다 서서 음식을 집어 먹었어.

"아줌마, 그런 것도 먹으면 안 되잖아요!"

"툴툴 마녀가 뭘 모르네. 여기서 먹어 두고 집에 가서 밥을 안 먹으면 되지."

엄마는 채소만 잔뜩 사 가지고 집으로 왔어.

툴툴 마녀는 집으로 오는 내내 툴툴거렸지.

"아줌마, 대체 몇 kg이나 빼실 거예요?"

"음……, 한 10kg?"

"어휴, 욕심도 많으시네. 1kg 빼기도 힘든데 어떻게 10kg이나 빼요?"

"네가 마법 같은 방법을 알려 준다며?"

엄마의 말에 툴툴 마녀는 종류별로 라면을 실컷 먹어 보려다 괜한 짓을 했다는 생각이 들었어.

마법의 살 빼는 음료를 만드는 법을 알고 있었지만 그걸 함부로 쓸 수는 없었거든.

엄마가 저녁 준비를 마치자 툴툴 마녀가 말했어.

"아줌마, 저녁은 안 드실 거죠? 줄넘기하러 가요."

민준이와 선우가 밥을 먹다가 놀란 눈으로 쳐다봤어. 민준이가 말했지.

"엄마가 줄넘기를 한다고? 그러면 땅이 갈라질지도 모르는데?"

엄마는 민준이를 쏘아보며 밖으로 나갔어. 그런데 겨우 30분 동안 줄넘기를 하던 엄마는 지친 숨소리로 헉헉거리면서 집으로 들어가 버렸어.

집에 온 엄마는 바로 체중계에 올라갔지.

"뭐야? 200g이 더 나가잖아!"

툴툴 마녀가 체중계 앞으로 다가와서 눈금을 쳐다봤어.

"욱! 아줌마 몸무게가 이렇게 많이 나갔어요?"

그러면서 체중계의 눈금을 찬찬히 살폈지.

"아! 조그만 눈금 하나가 100g이니까 1kg은 1000g이 되는구나!"

그러는 사이 엄마는 화들짝 놀라며 체중계에서 내려왔어.

"툴툴 마녀 네 멋대로 훔쳐 볼래?"

엄마는 단단히 화가 났나 봐.

살을 빼기는커녕 무게가 더 늘었으니 그럴 만도 하지.

"툴툴 마녀! 내가 널 믿다니. 오늘 저녁은 없는 줄 알아!"

툴툴 마녀는 아까 마트에서 엄마가 너무 많이 먹었다고 말하려다가 입을 꼭 틀어막고 말았어. 내일 아침까지 굶게 되면 큰일이니까.

3월 9일 토요일

엄마의 다이어트 일기

오늘도 다이어트에 실패하고 말았다.
툴툴 마녀가 몸무게의 비밀을 알았으니 가족 모두가
다 아는 건 시간 문제겠지?
어서 살을 빼야 할 텐데!
그런데 툴툴 마녀, 수학 실력이 나날이 좋아지고 있다.
1kg이 1000g이란 걸 알아내다니!
툴툴 마녀가 제1마법을 전수받아 멋진 마녀가 된다면
마법으로 나를 날씬하게 해 줄지도 모르는데…….
오늘 저녁 밥을 줄 걸 그랬나?
아무튼 내 목표는 몸무게 10kg을 줄이는
거다.
그러면 식구들이 내 몸무게를 알고
놀린다고 해도 덜 창피할 것
같다.
내 몸무게는 70kg 400g.
일단 내일은 첫날이니까
1kg 400g만 빼자.
그러면 69kg이 된다.

그리고 다음 날부터는 2kg씩 빼는 거다.

이런 계획이라면 금새 다이어트에 성공해서 날씬해질 수 있겠지?

툴툴 마녀가 1kg과 1000g이 같다는 걸 알아냈는데 무게를 더하거나 빼는 문제도 풀 수 있을까?

내일은 툴툴 마녀와 문제 풀기 내기를 해서 못 맞추면 마법으로 살을 빼 달라고 해 봐야겠다.

좀 어려운 문제를 내서 꼭 이겨야지!

접시의 무게 추리하기

엄마는 마법으로 살을 빼기 위해 툴툴 마녀에게 낼 문제를 미리 준비했어.

> 양팔 저울로 무게를 재어 보았더니 접시 하나는 바둑돌 62개의 무게와 같고, 유리컵 하나는 바둑돌 37개의 무게와 같았다.
> 바둑돌 1개가 5g이라고 한다면
> 접시는 유리컵보다 몇 g이 더 무거울까?
>
> 62개
> 37개
>
>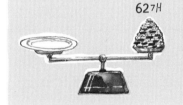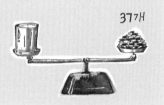

접시는 바둑돌 62개와 같고, 유리컵은 바둑돌 37개와 같지. 따라서 접시가 유리컵보다 바둑돌 25개만큼 더 무겁다는 걸 알 수 있어.

바둑돌 하나의 무게가 5g이므로 25에 5를 곱하면 125g이야. 따라서 정답은 접시가 유리컵보다 125g 더 무겁다는 것!

툴툴 마녀는 이 문제를 풀 수 있을까?

14. 살이 빠지는 마법 물의 비밀!

아이들이 학교에 가지 않는 토요일 아침.

아침을 먹자마자 엄마가 기다렸다는 듯이 말했어.

"툴툴 마녀, 수학을 배우러 왔으니까 내가 낸 수학 문제를 풀어 보는 거 어때? 만약 못 풀면 내 소원 한 가지 들어줘!"

엄마의 말에 아이들은 신이 나서 모두 찬성을 외쳤어.

"무슨 문제예요?"

"무게에 관한 문제! 못 풀면 내 소원 한 가지 들어주기야."

"음……, 좋아요!"

엄마는 어제 준비해 두었던 문제를 말했지.

툴툴 마녀는 한참을 고민했지만 결국 문제를 못 풀고 말았어.

아이들은 깔깔대고 웃었어.

엄마도 아주 만족한 웃음을 지으며 툴툴 마녀에게 말했어.

"그럼 내 소원을 말할게. 이 살들이 쏙 빠지는 게 내 소원이야!"

툴툴 마녀는 엄마의 말을 듣고 어찌해야 할지 몰랐어.

분명 마법을 기대하는 것 같은데, 마법 세계에서 쓰는 마법을 인간에게 잘못 썼다가 엄청난 부작용이 생길 수도 있거든.

툴툴 마녀는 고민을 하다가 좋은 생각이 떠올랐어.

"아줌마, 제가 저 물에 마법을 부릴 테니까 이제부터 밥 대신 물만 드세요."

툴툴 마녀가 생수통을 가리키며 말했어.

"저 물통에 3L의 물이 들어 있으니까 오늘은 1L 600mL만 드세요. 꼭 그 양만 드셔야 해요!"

엄마는 툴툴 마녀의 말에 아주 신이 났지.

아이들도 정말 엄마의 살이 쏙 빠질지 궁금했어.

"그런데 3L의 물 중에서 1L 600mL를 어떻게 덜어 내지?"

"그건 저도 몰라요! 하하."

그때 민준이가 좋은 생각이 떠오른 듯 큰 소리로 말했어.

"3L 중에서 1L 600mL를 일단 빼 보는 거예요. 1L가 1000mL니까, 3L는 3000mL와 같아요. 3000mL−1600mL=1400mL 잖아요. 1400mL는 200mL가 7개 있는 거고요. 우리가 200mL 우유갑에 물을 담아서 7번을 덜어 낼 테니까 엄마는 나머지 물을 하루 종일 드시면 돼요!"

역시 수학왕 민준이였어.

툴툴 마녀는 민준이에게 다가가서 소곤거렸어.

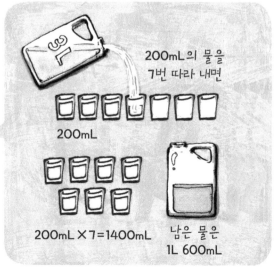

200mL의 물을
7번 따라 내면

200mL

200mL X 7=1400mL

남은 물은
1L 600mL

"야! 그런 굉장한 걸 알려 드리면 어떡해?"

결국 아이들이 물 1400mL를 덜어 내고 엄마는 하루 종일 남은 물을 마셨어.

그날 저녁 엄마가 어떻게 되었냐고?

하루 종일 물만 마시고 굶은 통에 정신은 하나도 없고 곧 쓰러질 것 같았지.

대신 몸무게는 2kg이나 빠졌어.

"제 말이 맞았죠? 내일도 하루 종일 물만 드셔야 해요!"

"뭐? 내일도 물만 마시라고? 됐다, 됐어. 내가 살을 안 빼고 말지!"

이렇게 해서 엄마의 다이어트는 실패로 끝나고 말았대.

생활에 유용한 들이의 단위와 계산

들이는 통이나 그릇 등의 안에 넣을 수 있는 부피의 최 댓값을 말해.

들이의 단위에는 'L'라고 표기하는 '리터'와 'mL'라고 표기하는 '밀리리터'가 있어.

1L는 1000mL와 같지. 1L=1000mL

이게 들이 단위들 사이의 관계야.

물컵 7개

물컵 6개

그림처럼 물이 가득 채워진 물통과 주전자가 있을 때 들이가 많은 쪽은 어느 쪽일까?

맞아. 7개의 컵에 담을 수 있는 양과 같은 양이 들어 있는 물통이 들이가 더 크다고 할 수 있지.

들이의 덧셈과 뺄셈도 무게의 덧셈과 뺄셈처럼 단위가 같은 것끼리 하면 쉬워.

그리고 받아내림과 받아올림을 이용할 수도 있지.

들이의 단위를 같은 단위로 바꿔서 계산해 볼까?

9L 300mL−3L 500mL를 모두 mL단위로 같게 해 보자. 9L 300mL는 9300mL와 같아. 3L 500mL는 3500mL가 되겠지.

따라서 9300mL−3500mL로 생각할 수 있어.

어때? 더 간단해졌지?

정답은 5800mL! 5L 800mL이지.

1L=1000mL의 관계에 따라서 1000mL 이상일 때는 받아올림 해서 1L로 써 줘야 해.

4L 600mL+1L 400mL=5L 1000mL

따라서 5L 1000mL는 6L가 되지!

1L=1000mL 를 기억해! 들이의 덧셈과 뺄셈도 단위가 같은 것끼리 하면 돼.

15. 엄마가 최고야!

샤샤가 툴툴 마녀의 특별 지시로 마법 세계에 다녀왔어.

그동안 마법 세계에서는 무슨 일이 있었는지 알아보기 위해서 였지.

마왕은 마녀들은 모아 놓고 제1마법을 전수받을 시험에서 누가 통과할지 기대된다는 이야기를 하고 있었지. 그러면서 특별 하사품이 있다며 마법의 풍선껌을 나누어 주려고 했어.

"내가 가진 풍선껌은 모두 36개다. 하지만 이걸 다 너희들에게 주지는 않을 거야. 이 중에서 2/6만큼만 너희에게 줄 것이다. 마녀들은 36의 2/6에 해당하는 수만큼 선착순으로 모일 것!"

마왕의 말이 떨어지자마자 마녀들은 우왕좌왕했어.

"어휴, 마왕님은 참 지독하기도 하셔. 그냥 주시면 어때서!"

"글쎄 말이야. 36의 2/6만큼이 대체 몇이냐고?"

마법으로 모든 걸 해결하곤 했던 마녀들은 골치가 아팠어.

그렇다고 마왕이 주는 마법 풍선껌을 포기할 수 없는 마녀들은 머리를 맞대고 고민하기 시작했지.

큰 바위 뒤에서 모든 걸 엿들은 샤샤는 얼른 툴툴 마녀에게 갔어. 그리고 마왕이 했던 이야기를 하나도 빠짐없이 전했지.

"뭐? 마법의 풍선껌이라고? 그거 내가 꼭 갖고 싶던 건데! 그게 아주 엄청난 마법을 가지고 있거든. 날 괴롭히는 마녀들을 풍선껌 안에 가둘 수도 있고, 위험한 순간에는 풍선껌으로 위장을 할 수도 있어. 그뿐이 아니야. 언제든 내가 원하는 맛을 주는 특별한 풍선껌이라고!"

툴툴 마녀가 초조해져서 이리저리 왔다 갔다 천장에 매달렸다가 벽 안으로 숨었다가 의자에 앉으니 샤샤도 긴장해서 침을 꿀꺽 삼켰지.

"그러니까 그 풍선껌을 우리가 받자고요!"

"수학 공부를 마치고 돌아갈 날이 얼마 남지 않았는데, 지금 마법 세계로 돌아가자고?"

"그러니까 머리를 써야죠, 머리를! 일단 마왕의 문제부터 풀고 나서요."

툴툴 마녀는 샤샤가 가져온 문제를 다시 들여다봤어.

하지만 분수가 나오는 셈은 툴툴 마녀에게 너무 어려웠지.

"아무래도 민준이에게 물어봐야겠다."

샤샤가 고개를 절레절레 흔들었어.

"민준이가 올 때까지 기다리기에 너무 오래 걸려요. 그러다가 다른 마녀들이 문제를 풀기라도 하면……."

"그럼 어떻게 해? 아줌마라면 아시려나?"

다이어트를 포기 못한 엄마가 수영을 마치고 집에 돌아왔지.

"아줌마, 아줌마! 수영 잘 다녀오셨어요?"

툴툴 마녀는 운동 가방을 받아 들고 너스레를 떨었어.

"얘가 갑자기 왜 이래?"

"아줌마네 수영 강습반은 모두 몇 명이에요?"

엄마가 영문도 모른 채 대답했어.

"우리 반은 사람이 많아. 잘하는 사람도 많고. 호호호."

엄마는 뽐내듯이 말했어.

"그래요? 역시 아줌마 별명이 물개라고 하더니 그 말이 맞나 봐요!"

엄마 어깨에 힘이 들어갔지.

"그럼! 40명 중에 내가 1/4 안에는 들걸."

엄마 말 속에도 분수가 있었어.

툴툴 마녀는 이 기회를 놓칠 수 없었지.

"40명 중에서 1/4이요? 그럼, 그게 몇 명인데요?"

"10명이지 몇 명이겠니?"

툴툴 마녀는 궁금증 때문에 마음이 초조했지만 심호흡을 크게 하고 다시 물었어.

"우와, 40명 중에 10등 안에 든단 말이에요? 대단하시다! 근데 아줌마, 40명의 1/4이 어떻게 10명이에요?"

"툴툴 마녀, 잘 들어 봐. 40의 1/4은 40개를 4개의 묶음으로 나눈 것들 중 1개라는 말이야. 그럼 한 묶음에 몇 명이 되겠니? 10명이 되는 거지."

"아! 그렇구나. 그럼 36의 2/6만큼이면 36을 6묶음씩 나눈 것을 말하겠네요?"

"그렇지!"

"그러면 36을 6묶음으로 나누면 한 묶음에 6개씩 나눌 수 있어요. 2/6는 6묶음 중 2개라는 말이니까 12개가 답이네요!"

"툴툴 마녀, 이제 척하면 척이구나!"

엄마가 툴툴 마녀를 보며 웃었어.

"아줌마가 나쁜 마녀 같다는 애들 말은 틀렸어요. 아줌마는 아주 착한 사람이 틀림없다고요!"

툴툴 마녀가 엄지손가락을 올리며 샤샤와 집을 나섰어.

엄마는 무슨 소린지 몰라 고개를 갸우뚱거렸지.

엄마에게 배우는 분수 계산법

나눈 것 중 부분은 1조각

전체를 똑같이 나눈 8조각

분수는 전체를 똑같이 나눈 것 중에서 부분을 나타내.

맛있는 피자가 있어. 피자 한 판에 크기가 똑같은 피자 8조각이 있어. 그럼 피자 한 조각은 전체 8조각 중 1개의 조각이 되는 거고, 1/8로 쓸 수 있어.

분수의 모양은 마치 엄마가 아이를 받치고 있는 것 같아서 **아래에 있는 숫자를 '분모'라고 하고, 위에 있는 숫자를 '분자'라고 해.**

그러면 여기서 퀴즈! 5는 10의 얼마인지 분수로 나타내 볼까? 여기 내 모자가 10개 있어.

10을 똑같이 나누어 보면 1개의 묶음에 5개씩 2개의 묶음으로 나눌 수 있지.

5는 10을 똑같이 2개의 묶음으로 나눈 것 중의 1개의 묶음이야. 그러므로 5는 10의 1/2이라고 쓸 수 있지.

이제 빨리 피자를 먹자고? 알았어, 알았다고!

분자

분모

분수의 크기 비교

16. 특명! 마법의
풍선껌을 얻어라

툴툴 마녀는 마음이 급해졌어.

다른 마녀들이 문제를 풀기 전에 풍선껌을 얻어 와야 했거든.
36의 2/6만큼의 풍선껌을 선착순으로 준다고 했으니까 12명 안
에는 들어야지 풍선껌을 얻을 수 있어.

그런데 한 번 마법 세계로 올라가면 다시 인간 세계로 오는 게
쉬운 일이 아니야.

"무슨 좋은 방법이 없을까?"

툴툴 마녀가 중얼거렸어.

"저는 자유롭게 왔다 갔다 할 수 있으니까 제가 가지고 올까
요?"

"마왕님은 마녀에게만 마법의 풍선껌을 준다고 하셨잖아."

"그러니까, 제가 툴툴 마녀님으로 변신을 하면 되죠!"

샤샤가 좋은 생각이라는 듯이 말했지.

"하지만 난 아직 동물을 사람으로 변신시키는 마법은 성공해 본 적이 없단 말이야."

툴툴 마녀의 목소리에 힘이 빠졌어.

"그래도 방법은 아시잖아요."

"성공한 적이 한 번도 없다니까!"

툴툴 마녀는 괜히 샤샤한테 소리를 질렀어.

"그럼 이번 기회에 한번 해 보세요. 검은 마녀도 하는데, 툴툴 마녀님이라고 못 하겠어요?"

툴툴 마녀는 생각에 잠겼어.

'동물과 사람은 크기가 다르단 말이야.

크기 비교를 잘해야 변신 마법도 성공 할 수 있을 텐데…….'

그러면서 샤샤와 자신의 키를 비교하기 시작했어.

"키를 비교해 보니까 내가 샤샤 너보다 4배가 더 커. 그 러니까 넌 나의 1/4이란 말 이지. 그러니까 샤샤의 키를 나보다 3/4만큼 크게 하면 돼.

툴툴 마녀와 샤샤의 키 비교

$\dfrac{1}{4}$

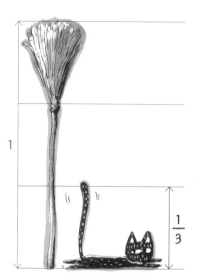

마법 빗자루와 샤샤 꼬리의 길이 비교

$\dfrac{1}{3}$

그럼 마법 빗자루랑 네 꼬리의 길이를 비교해 볼까? 샤샤 꼬리
의 길이는 마법 빗자루의 1/3이야. "

툴툴 마녀는 지난번에 배웠던 분수를 비교하는 법을 이용해서
샤샤의 크기와 자신의 크기 비교를 완벽하게 해냈어.

"우와! 툴툴 마녀님, 정말 수학왕이 되어 가고 있는 것 같아
요!"

"크크, 인간 세계까지 왔는데 이 정도야 기본 아니겠어?"

툴툴 마녀는 그동안 실패했던 마법 주문을 외웠어.

정확한 크기를 맞추어서 주문을 외우자 샤샤가 뱅글뱅글 돌더
니 '펑!' 하는 큰 소리와 함께 툴툴 마녀로 변신한 거야.

"우와! 성공이다!"

툴툴 마녀의 모습을 한 샤샤는 마법 세계로 갔어.

마녀들은 분수 계산을 못해서 아직 쩔쩔매고 있었지.

샤샤는 신 나게 잘난 척을 하고, 마왕한테 제일 먼저 달려가서 정답을 말했어.

마법의 풍선껌을 얻었냐고? 그야 당연하지.

마왕의 칭찬까지 듬뿍 받았지.

샤샤는 인간 세계에 다시 오기 전에 그동안 잘해 주었던 마녀들한테만 살짝 분수에 대해 귀띔을 해 주었지.

마녀들은 샤샤가 툴툴 마녀인 줄 알고 깜박 속았다니까.

툴툴 마녀도 마법의 풍선껌을 받아 온 샤샤에게 선물을 줬어.

그건 민준이 엄마만큼 커다란 참치의 1/24 정도 크기의 고등어였어.

크기가 정확히 얼마냐고?

그건 너희들이 직접 계산해 봐!

샤샤가 귀띔해 준 분수의 크기 비교하기

분수의 크기 비교는 좀 헷갈려. 그러니까 눈을 동그랗게 뜨고 잘 봐야 해. 1/2, 1/3, 1/4, 1/5, 1/6처럼 분자는 같고 분모가 다른 분수는 어떤 것이 더 클까?

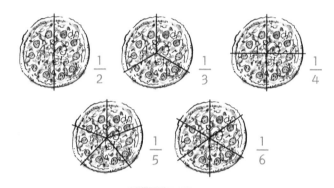

분자가 같을 때

일단 모르겠다면 피자를 떠올려 봐. 피자 한 판이 있을 때 이 한 판을 두 조각으로 낸 것 중 한 조각, 세 조각으로 낸 것 중 한 조각, 네 조각으로 낸 것 중 한 조각, 다섯 조각으로 낸 것 중 한 조각, 여섯 조각으로 낸 것 중 한 조각의 크기를 비교해 보는 거야. 그러면 어느 조각이 가장 큰지 단번에 알 수 있겠지?
맞아! 두 조각으로 낸 것 중 한 조각이 가장 커.
그러니까 **분자가 같고 분모가 다를 경우, 분모가 작을수록 분수의 크기가 크다는 걸 알 수 있어.**

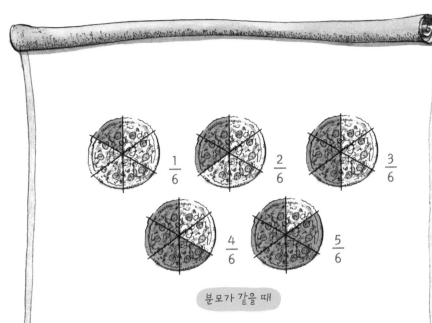

그럼, 1/6, 2/6, 3/6, 4/6, 5/6처럼 분모는 같고 분자가
다를 때는 어떤 분수가 클까?

이것도 피자의 조각으로 생각해 보면 쉽게 답을 알 수
있어.

여섯 조각으로 낸 피자 중 한 조각, 두 조각, 세 조각,
네 조각, 다섯 조각 중에서 많이 먹을 수 있는 건 다섯
조각이야.

그러니까 **분모가 같을 때는 분자가 클수록 분수의 크기
가 더 큰 거야.**

정말 쉽게 알 수 있지?

17. 툴툴 마녀가 알려 준 마음의 크기

툴툴 마녀가 아이들에게 진지하게 말했어.

"너희들, 아줌마가 진짜 나쁜 마녀 같다고 생각해?"

아이들은 툴툴 마녀의 갑작스런 질문에 생각에 잠겼어.

민준이가 툴툴 마녀에게 물었어.

"툴툴 마녀가 보기에는 어떤데?"

"민준이 너도 검은 마녀를 봐서 알겠지만 내가 생각하기에 나쁜 마녀라면 검은 마녀 정도는 돼야 해. 그런데 내가 너희 집에 있어 보니까 너희 엄마는 아주 착한 것 같아."

"그렇긴 하지만 꼭 우리가 중요한 일만 하려고 하면 엄마는 심부름을 시켜. 만날 공부하라는 잔소리만 하고, 게임도 못하게 하고 말이야."

"맞아! 우리가 먹고 싶은 과자랑 사탕도 잘 안 사 줘."

옆에 있던 선우가 거들었어.

"우리 마왕님은 말이지 마녀들에게 이래라저래라 잔소리하지 않으시거든. 그런데 가끔은 너희 엄마처럼 잔소리 좀 해 줬으면 좋겠다고 생각한 적이 있어."

"왜?"

아이들이 동시에 물었어.

"그게 관심이잖아. 특별히 너희에게만 쏟는 관심! 나도 마왕님이 나에게만 관심을 쏟아 주면 좋겠는데 말이야."

"그럼 너희 마왕님은 너한테 전혀 관심이 없단 말이야?"

민준이가 물었어.

"글쎄, 그걸 모르겠다니까."

"그러면 한번 생각해 봐. 원을 마음이라고 봤을 때 마음을 열 칸으로 나누면 그중에 너에 대한 마음이 몇 칸이나 된다고 생각해?"

"음……, 한 칸 정도?"

"그러면 영 점 일만큼이구나."

"너희는 어떤데? 엄마를 생각하는 마음이 몇 칸이야?"

아이들이 고민을 했어.

"난 여덟 칸?"

민준이가 말했어.

"난 아홉 칸인 것 같아."

선우도 대답했지.

"그것 봐, 너희 엄마는 아주 좋은 엄마라고! 인간 세계 사람들은 관심을 잔소리라고 생각하는 경우가 종종 있단 말이야."

툴툴 마녀의 말에 아이들이 고개를 끄덕이는 것 같았지.

"그래도 아줌마가 변하길 바라는 거야?"

툴툴 마녀가 묻자 아이들이 망설임도 없이 대답했어.

"응! 원해!"

'참 나, 내가 지금까지 뭔 얘길 한 거야? 정말 못 말려!'

툴툴 마녀 곁에서 모든 걸 듣고 있던 샤샤가 툴툴 마녀 발가락을 핥으며 생각에 잠겨 있었어.

'음, 나에 대한 툴툴 마녀님의 마음은 몇 칸이나 될까? 내 마음이 백 칸이라면 생선을 향한 한 칸 말고 나머지는 모두 다 툴툴 마녀님 생각뿐인데……, 마녀님도 그럴까?'

모두 서로의 마음을 헤아리느라 생각에 잠긴 오후였어.

샤샤의 소수 노트

1보다 작은 수를 나타낼 때 우리는 소수를 사용해.
또, 분수를 소수로 바꿔 쓰기도 하지.

여기 내 마음이 있어.

내 마음을 모두 10개의 칸으로 나누어 봤어.

내 마음 중 한 칸은 생선을 향한 마음이야. 10개 중 한 개니까 분수로 나타내면 1/10이라고 쓸 수 있지.

이것을 소수로 나타내면 **0.1이라고 쓰고, 영 점 일**이라
고 읽어.

0.1 같은 수를 바로 '소수'라고 하는 거지. 여기서 숫자 사이의 점은 '소수점'이라고 해.

그럼 툴툴 마녀님을 생각하는 내 마음의 칸도 분수와 소수로 나타낼 수 있겠지.

10칸 중에 9칸이니까 분수로 나타내면 9/10이고, 소수 로 나타내면 0.9가 되는 거야.

분수의 크기를 비교하는 것처럼 소수의 크기도 비교할
수 있어.

소수의 크기를 비교하는 것도 걱정할 필요 없어.

아주 쉽거든!

① 0.3 < 0.5 ② 4.5 < 8.2

①처럼 소수점 앞자리의 수가 같으면 소수점 뒷자리 숫
자가 큰 쪽이 더 큰 수야.

②처럼 소수점 앞자리의 수가 다르면 소수점 앞의 수가
큰 쪽이 더 큰 수지. 쉽지?

사람들은 소수보다 분수를 훨씬 먼저부터 사용했어.

이후에 수를 더욱 정확하게 나타내기 위해서 소수를 사
용하기 시작했지.

키가 145cm보다 크고 146cm보다 작은 경우도 더욱 정
확하게 표현하고 싶으면 소수점까지 표시된 자를 이용
해서 키를 재면 돼. 145.5cm로 표시할 수 있지.

양이나 길이 등을
정확하게 재고 싶다면
소수를 잘
이용하라고. 야옹!

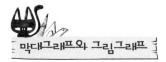
18. 감쪽같이 사라진
마법 빗자루

어느덧 툴툴 마녀가 민준이 집에서 지낸 지도 스무날이 되었
어. 곧 툴툴 마녀도 마법 세계로 돌아가야 할 날이 다가왔지.

민준이가 물었어.

"툴툴 마녀, 제1마법을 전수받을 수 있겠어?"

"너한테 그동안 엄청 배웠는데 못 받을 리 있겠어?"

"자신만만한데?"

민준이가 웃으며 말했어.

"우리 마녀님이 원래 자신감 하나는 끝내주거든요."

샤샤가 고양이 세수를 하며 끼어들었어.

"그럼 말이야, 지금까지 우리가 공부한 수학 내용에 대해서 정
리를 좀 해 보자. 그러면 네가 못하는 부분이 무엇인지 금방 알

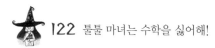

아서 보충하는 데 도움이 되거든."

"어떻게?"

"잘 봐."

민준이는 노트에 그림을 그리기 시작했어.

"네가 아주 자신 있어 하는 것을 빼고 적은 거야. 각 수학 내용마다 얼마나 이해하고 있는지 생각하고 그래프를 그려 봐."

툴툴 마녀는 민준이가 시키는 대로 표를 보고 그래프를 그려 보았어.

덧셈과 뺄셈은 10까지 그래프가 올라갔지만, 곱셈과 나눗셈은 8까지, 도형은 5, 분수는 6, 소수는 8까지 눈금이 올라갔지.

"아! 이렇게 그려 보니까 내 수학 실력을 한눈에 알 수 있네!"

툴툴 마녀가 감탄했어.

"그래, 막대그래프를 이용하면 전체적인 실력을 한눈에 알 수 있지."

민준이가 말했어.

"난 정말 운이 좋은 마녀인가 봐. 민준이 널 만났으니까. 역시 넌 수학왕다워!"

툴툴 마녀가 민준이를 와락 껴안았어.

샤샤도 흰둥이와 무언가 얘길 하고 있었어.

"나도 데려가면 안 돼?"

흰둥이가 물었어.

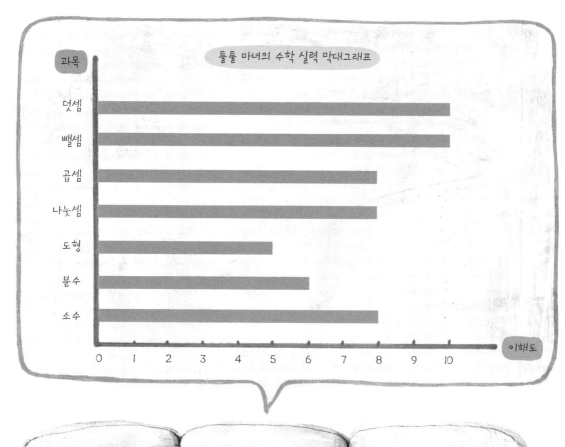

툴툴 마녀의 수학 실력 막대그래프

"안 돼. 마왕님이 인간 세계의 사람이나 동물을 마법 세계에 데리고 오는 걸 절대 허락하지 않는다고."

샤샤가 코를 움찔거리며 대답했어.

"이 좁은 집이 때론 너무 답답해서 그래."

샤샤가 슬픈 표정을 짓는 흰둥이가 가엾게 보였지.

"그럼 말이야, 이건 내가 절대 함부로 하지 않는 건데 특별히 널 위해서 마법 이빨을 하나 줄게. 답답할 때마다 이 이빨을 갈아 봐. 분명 이곳이 넓어 보일 테니까."

그러면서 샤샤는 입안에서 이빨 하나를 쑥 뽑아 흰둥이에게 주는 거야.

흰둥이는 이빨을 받자마자 좋아서 어쩔 줄을 몰랐어.

샤샤는 툴툴 마녀의 짐을 정리하기 시작했어.

그런데 툴툴 마녀의 마법 빗자루가 어디에서도 보이지 않았어. 감쪽같이 사라졌지.

"툴툴 마녀님! 마법 빗자루 어디다 두셨어요?"

샤샤가 툴툴 마녀에게 물었어.

"민준이 책상 옆에 있는 거 너도 알잖아."

"그러니까요. 그게 보이질 않아요."

툴툴 마녀는 마법 빗자루를 찾으려고 민준이 방에 가 보았어. 민준이도 따라갔지.

정말 마법 빗자루가 없었어. 사라져 버린 거야.

민준이가 말했어.

"툴툴 마녀, 마법 세계로 돌아갈 날이 며칠 안 남았는데 마법 빗자루를 찾는 데 시간을 다 보낼 수는 없잖아. 내가 찾아볼 테니까 넌 부족한 수학 과목을 공부하고 있어. 모르는 게 있으면 나한테 물어보고."

툴툴 마녀는 민준이 말에 감동받았어.

무심하게만 보였던 민준이가 사실은 정이 아주 많은 친구라는 걸 알았거든.

"그래……."

민준이는 집 안 구석구석을 돌아다니며 마법 빗자루를 찾기 시작했어.

과연 툴툴 마녀는 마법 빗자루를 무사히 찾을 수 있을까?

샤샤의 그림그래프 일기

흰둥이네 아니 민준이네, 아니 아줌마네 집은 꽤 괜찮
았어. 내가 좋아하는 생선은 그닥 많이 먹지 못했지만
새로운 맛을 발견했거든.
그건 바로 김이라는 거야. 바삭바삭한 게 짭조름하고
얼마나 맛있던지! 김을 얼마나 많이 먹었냐고?

요일	월	화	수	목
먹은	큰 김 1장	큰 김 3장	큰 김 2장	큰 김 2장
김의 양	작은 김 3장	작은 김 1장	작은 김 2장	작은 김 8장

얼마나 많이 먹었는지 한눈에 알 수 있겠지?
이렇게 그림그래프를 그려 보면 수의 크기를 쉽게 알
수 있어.

감쪽같이 사라진 마법 빗자루 **127**

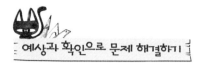

19. 제1 마법을 위해 출발!

툴툴 마녀의 마법 빗자루를 찾았냐고?

아주 힘들게 찾아냈어.

선우가 마법 빗자루를 자기 옷장에 숨겨 놓고는 시치미를 떼고 있었던 거야. 선우도 막상 툴툴 마녀가 마법 세계로 돌아간다니까 아쉬워서 보내기 싫었던 거지.

오늘은 툴툴 마녀가 마법 세계로 돌아가는 날이야. 선우는 툴툴 마녀에게 손가락까지 걸며 약속을 했어.

"우리가 학교 갔다 올 때까지 가면 안 돼!"

"알았다고, 알았어!"

툴툴 마녀가 선우 머리를 쓰다듬으며 말했어.

민준이는 툴툴 마녀에게 공책을 한 권 주고 학교에 갔어.

그동안 공부했던 수학을 꼼꼼하게 정리한 공책이었어.

"수학 잘하는 비법이 뭔지 알아? 그건 바로 '오답 노트'를 적는 거야. 네가 틀린 문제를 내가 다 정리해 놨으니 마법 세계로 가기 전에 한 번 쪽 보고 가."

아이들이 학교에 간 후 엄마는 툴툴 마녀와 샤샤를 위해 푸짐하게 한 상 차려 줬어. 그동안 툴툴 마녀가 잘 먹던 시금치 반찬이랑 콩나물 무침, 샤샤를 위한 고등어와 김도 있었어.

"역시 아줌마는 최고라니까요!"

허겁지겁 밥을 다 먹은 툴툴 마녀와 샤샤는 민준이가 주고 간 공책을 펼쳤어.

"와! 정말 끝내주는데요?"

샤샤가 감탄했어.

툴툴 마녀도 고마운 마음에 눈물이 찔끔 흐르려고 했지. 툴툴 마녀는 오답 노트를 꼼꼼하게 읽으며 수학 내용을 복습했어.

그러는 동안 아이들이 학교에서 돌아왔어. 툴툴 마녀는 갈 준비를 완벽하게 끝냈고.

"제1마법 전수받으면 꼭 편지해 줄 거지?"

"그래, 내 심부름꾼 까마귀에게 꼭 전해 주라고 할게."

인사를 마친 툴툴 마녀와 샤샤가 눈 깜짝할 사이에 사라졌어.

민준이는 마음이 아주 허전했어. 방으로 돌아온 민준이는 책상 위에 쪽지와 작은 물병 하나가 놓여 있는 것을 발견했어.

그건 툴툴 마녀가 두고 간 마지막 선물이었지.

툴툴 마녀가 남긴 쪽지

민준아! 깜짝 놀랐지? 내가 이렇게 감동적인 마녀라구!
이 물병은 수학왕의 비법을 모두 알려 준 너를 위한 선물이야.
너와 한 약속을 나도 지켜야지.
만약 아줌마가 아주 나쁜 마녀처럼 고약해질 때가 있다면
(내가 보기에는 아줌마가 절대 그럴 리 없지만!)
이 작은 물병에 든 물을 네 눈에 한 방울 넣어 봐.
아줌마가 널 아주 예쁜 눈으로 바라볼 테니까.
딱 한 방울이야!

                 - 너의 친구 툴툴 마녀가 -

예상과 확인으로 문제 해결하기

오답 노트에는 새로운 문제가 있었어. 툴툴 마녀 눈이 휘둥그레졌지. 슬쩍 보기에도 어려워 보였거든.

"가로와 세로에 1부터 9까지 수를 한 번씩 넣어 세 수의 합이 모두 같도록 만들려고 한다. 빈 칸에 어떤 수를 넣어야 할까?"

4		2
3	5	
	1	6

"예상과 확인으로 해결하는 문제…? 가로와 세로의 수를 각각 더해도 합이 같아야 한다고 했으니까 난 가로의 수를 먼저 더해 볼래.

1에서 9중 위 그림에 없는 수는 7, 8, 9야.

첫 번째 가로의 수를 더하면 6

두 번째 가로의 수를 더하면 8

세 번째 가로의 수를 더하면 7이 되니까 가장 작은 수인 6에 9를 더하고, 그다음 작은 수인 7에 8을 더한 다음, 8에 7을 더해 주면…. 됐다! 와, 합이 모두 15가 되었어."

샤샤는 툴툴 마녀의 실력에 깜짝 놀랐지.

와! 제1마법은 분명 툴툴 마녀님이 전수받으실 거야!

20. 제1마법을 전수받은 툴툴 마녀!

빗자루에 탄 툴툴 마녀와 샤샤는 마음이 홀가분했어.

헤어짐은 늘 안타깝지만 제1마법을 전수받을 수 있겠다는 기대감에 가슴이 두근거렸어.

모두 민준이에게 배운 수학 덕분에 마법 시험에 자신감이 단단히 붙었기 때문이었지.

마법 세계로 돌아간 툴툴 마녀는 당당하게 기본 문제를 맞히고 제1마법을 전수받기 위해 시험을 봤어.

결과가 어땠냐고?

툴툴 마녀는 마법 세계 마녀들 중에서 가장 먼저 마법 시험을 풀었어!

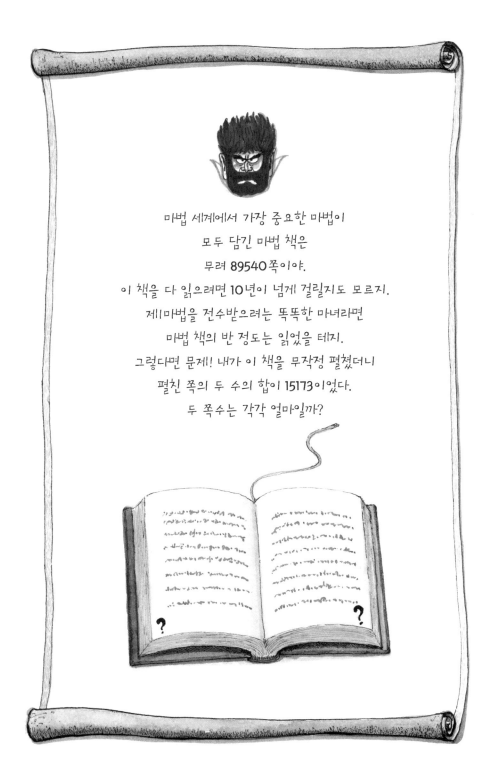

마법 세계에서 가장 중요한 마법이

모두 담긴 마법 책은

무려 **89540**쪽이야.

이 책을 다 읽으려면 **10**년이 넘게 걸릴지도 모르지.

제1마법을 전수받으려는 똑똑한 마녀라면

마법 책의 반 정도는 읽었을 테지.

그렇다면 문제! 내가 이 책을 무작정 펼쳤더니

펼친 쪽의 두 수의 합이 **15173**이었다.

두 쪽수는 각각 얼마일까?

샤샤가 깜짝 놀라서 말했어.

"툴툴 마녀님, 어떻게 이렇게 빨리 답을 안 거예요?"

"샤샤, 아주 쉬워. 잘 봐! 먼저 15173을 반으로 나누어 보는 거야. 15173÷2=7586 나머지 1이 되지. 나란한 두 쪽이니까 정답이 되는 두 수도 앞뒤로 나란한 수가 될 거라 예상할 수 있어. 정답을 찾기 위해 나눗셈의 몫이었던 7586을 기준으로 정한 다음 차례로 더해 보았어."

7584＋7585=15169

7585＋7586=15171

7586＋7587=15173

7587＋7588=15175

샤샤는 여전히 툴툴 마녀를 놀란 눈으로 바라보았지.

"그래서 정답은 7586쪽과 7587쪽이 되는 거지! 어때? 조금만 생각해 보면 쉽지?"

툴툴 마녀는 자랑스럽게 마왕에게 제1마법을 전수받았어!

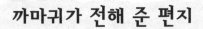

까마귀가 전해 준 편지

나의 수학왕 민준아!

네 덕분에 나는 제1마법을 무사히 전수받았어!

다른 마녀들이 나와 샤샤를 얼마나 부럽게 바라봤는지

너도 봤어야 하는데!

이제 난 마법 세계에서 아주 특별한 마녀가 되었어!

너에게 정말 고마워.

내가 마법 세계에서 지내더라도 너와 선우, 아줌마와 흰둥이까지

모두 나에겐 특별한 인간 세계 친구들이야.

참, 아줌마는 여전해? 내 마법의 물약을 벌써 사용한 건 아니겠지?

내가 보기에 아줌마처럼 사랑스러운 분도 없어.

좋은 엄마를 가진 너희들이 난 부럽다고!

언젠가 또 만날 날을 바라며.

그럼 나의 수학왕, 안녕.

– 마법 세계의 친구 툴툴 마녀가 –

〈툴툴 마녀는
수학을 싫어해!〉는
친환경 콩기름 잉크로
인쇄하여 환경 보호를
실천합니다.

1쇄 • 2013년 3월 26일
6쇄 • 2017년 7월 25일
글 • 김정신
그림 • 김준영
발행인 • 허진
발행처 • 진선출판사(주)
편집 • 이미선, 최윤선, 권민성
디자인 • 고은정
총무/마케팅 • 유재수, 나미영, 김수연
주소 • 서울시 종로구 삼청로 59 (팔판동) 대표전화 (02)720－5990
　　　팩시밀리 (02)739－2129 홈페이지 www.jinsun.co.kr
등록 • 1975년 9월 3일 10－92
※책값은 뒤표지에 있습니다.

ISBN 978－89－7221－801－2 64810
ISBN 978－89－7221－800－5 (세트)

진선 아이 는 진선출판사의 어린이책 브랜드입니다.
마음과 생각을 키워 주는 책으로 어린이들의 건강한 성장을 돕겠습니다.